草凪 優

初 情

実業之日本社

実業之日本社文庫

目次

第一章　グッド・ドリームス

1

東京はどこへ行っても桜が満開だった。

近所の家の庭にも、駅前の広場にも、入学したばかりの女子大に続く道沿いにも、薄ピンクの花が咲き乱れ、東京の人は桜の花がこんなにも好きなんだと驚かされた。

森下《もりした》伊万里《いまり》は桜が苦手だった。

思春期のニキビを思いだすからだ。中学生のころの伊万里の顔はニキビだらけで、鏡を見るのが本当に嫌だった。高校に入学すると嘘《うそ》のように消えてなくなったが、春になると咲き乱れ、パッと散っていく桜は、ニキビみたいだといまでも思う。

とはいえ、その年の桜だけは、とても綺麗《きれい》に見えた。浮き足立っていた伊万里の心に、薄ピンクの色がフィットしたのだろう。

十八歳の春である。東京で初めてのひとり暮らし、親元を離れて女子大生——浮き足立つなというほうが無理な相談だ。

予算の都合で陽当《ひあ》たりの悪いワンルームが新居になってしまったけれど、街はピンク色に輝いていた。桜吹雪《ふぶき》の下を歩きながらいつだって感じていたのは、自由だった。口うるさい親の監視もなければ、窮屈な校則に縛られるわけでもない。とりあえず、青山《あおやま》あたりのヘアサロンに行ってみたかった。いまは真っ黒のストレートロングの髪を、ベージュっぽく染めてみたい。

髪が決まったら、次は服だ。渋谷《しぶや》と原宿《はらじゅく》には行かないわけにはいかない。もちろん、コスメだって欲しいし、ネイルだって挑戦してみたい。けっこうな散財になりそうだが、こんなときのために小学生のときからお年玉を貯《た》めておいた。いま使わなくていつ使うのだと思う。

未来に夢をふくらませていると胸が高鳴ってしかたなかったけれど、それを顔に出すことは厳に慎んだ。注意深くまわりの様子をうかがっていた。期待と同じかそれ以上に、不安も胸に抱えていたからだ。

伊万里は岩手県花巻《はなまき》市の出身で、自分では標準語をしゃべれるつもりだが、東京で生まれ育った人間とまったく同じというわけにはいかないだろう。コンビニでコーヒーを注文するだけでも緊張した。せっかく東京に来たのだからおしゃれなカフェとかに行ってみたくても、とても無理だと思った。

すぐに友達ができなければ、おしゃれなカフェなんて何ヵ月も足を踏み入れられなかったに違いない。

入学式に向かう途中の道で、伊万里は田村小春《たむらこはる》と出会った。

「あのう、すいません」

他に誰も人が歩いていない桜並木の下で声をかけられ、ドキッとしたことをよく覚えている。

びっくりするほど小顔で眼が大きな女だった。ふわふわの長い髪は金色に近いミルクティー。肌が白いから、ものすごく映えている。雪国育ちの伊万里も色白だが、小春はただ白いだけではなくて透明感がすごい。

体も細かった。手脚の長いモデル体型にドレスのようなピンク色のワンピースをまとっていたので、芸能人に遭遇したのかと身構えてしまった。

「純聖《じゅんせい》女子大って、このあたりにあると思うんですけど……道に迷っちゃって……」

小春は眉根を寄せた不安げな顔で訊《たず》ねてきた。なにしろ美人なので、不安げな表情さえ暴力的に可愛《かわい》かった。

「そこなら……いまからわたしも行きますけど……」

伊万里が答えると、

「よかったあ」

小春は両手を合わせて人懐こい笑顔を浮かべた。

「じゃあ一緒に連れてってください。これから入学式なんですぅ」

「えっ……」

伊万里は啞然《あぜん》として言葉を返せなかった。

自分と同じ新入生なのにも驚いたが、いくらなんでも入学式にピンク色のワンピースはないだろう。伊万里など、紺のスーツに白いブラウスだ。「どうせ就活でも使うから」と田舎《いなか》のデパートで母親に買い与えられた野暮ったいデザインであるが、入学式はおしゃれを競う場ではない。

この子大丈夫だろうか？　と内心で首をかしげながら歩きだすと、

「あっ！」

小春が声をあげて立ちどまった。

「やだもう。さっき寄ったカフェに、スマホ忘れてきちゃった」

嘘でしょ、と伊万里は天を仰ぎたくなった。ただでさえ遅刻しそうな時刻だった。伊万里は時間に正確なほうなのだが、スカートの裾丈がどうしても気に入らず、出がけに何度も直していたせいで、予定より大幅に遅れて家を出た。

それでも、いまさら見捨てるのも冷たい気がして、ふたりで走った。小春がいたというカフェは、マクドナルドでもスターバックスでもなく、外車に乗っている女の人がサングラスをかけたままジンジャエールを飲んでいそうな、スタイリッシュなオープンカフェだった。

「東京の人、ですよね？」

伊万里はたぶん、卑屈な上目遣いを小春に向けたと思う。本当は、芸能関係のお仕事してます？　と訊ねたかったくらいだ。

「わたし？　違うよ。あなたは東京？」

「いいえ……岩手の……花巻、なんて知らないか……」

「えーっ、本当？」

小春の眼が輝いた。

「わたし、北上《きたかみ》に住んでたんだよ。五歳くらいまで。そのあと仙台に引っ越したけど」

伊万里の眼も輝いたと思う。こんな偶然があるのかと驚いた。北上市は岩手県で、花巻市の隣である。五歳まではいえ、そんな近くに住んでいたなんて……。

思いがけず同郷とわかったことで、気を許してしまったのがよかったのか悪かったのか……。

結局、小春のスマホはその店では見つからず、警察に届け出ることになった。駅前の交番まで伊万里も付き合った。

「なんかもう、わたしってホントにダメなんだよね。スマホとか財布とか、大事なものほどすぐになくしちゃう」

「大丈夫よ、きっと見つかるから……」

慰めつつも、伊万里は胸底で深い溜息《ためいき》をついた。もはや遅刻は決定的だった。初日から遅刻するのも気まずいが、厳かに行なわれているであろう式典に頭をさげて入っていく隣にいるのは、髪色がミルクティーで、ピンク色のワンピースで、おまけに超絶美人――目立つに決まっている。悪目立ちというやつである。

「ホントごめんね……」

憂鬱な顔で歩いている伊万里を励ますように、小春が背中をさすってきた。

「このお礼は絶対するから。そうだ。今度一緒に渋谷とか行かない？　わたしまだ、行ったことないの。ランチご馳走《ちそう》しちゃう」

「そんなことより、急いで行かないと入学式終わっちゃうよ……」

のろのろ歩いていた小春に急ぐつもりはないようで、それどころか不意に立ちどまってクスクス笑いだした。泣いている子供も黙らせることができそうな、まぶしい笑顔を向けてきた。

「サボッちゃおうか？」

無邪気に言い放ったこのときの小春の笑顔を、伊万里はいまも忘れない。

「入学式なんてパスして、これから渋谷に行こうよ」

「……冗談でしょ？」

伊万里は泣き笑いのような顔で返した。しかし、伊万里も伊万里で、サボッてしまいたい気分がどこかにあった。入学式早々悪目立ちしてしまうくらいなら、欠席したほうがよほどマシだと……。

いや。

きっとそれよりも強く、小春と一緒にいたかったのかもしれない。

不思議な子だな、と好奇心を刺激された。いままでまわりにはいないタイプだった。

どんな男でも振り向かせることができそうなほど存在感が強いのに、なんとも言えない儚《はかな》さを感じさせる——そう、小春は東京の街をピンク色に輝かせている桜の花によく似ていた。

2

西武池袋線《せいぶいけぶくろせん》の石神井《しゃくじい》公園に、伊万里の住んでいるアパートはあった。純聖女子大は池袋と目白《めじろ》の中間にあるから、アクセスは悪くない。

小春は学校から歩いて五分の雑司《ぞうし》が谷《や》に住んでいた。なぜ自分も近くにアパートを借りなかったのだろうと後悔した。

物件を決めるとき一緒に上京してくれた父親が、

「学校の側《そば》なんかに住んでたら友達の溜《た》まり場になるぞ」

と言っていた。溜まり場でいいではないか。大好きな友達が来てくれるなら……。

入学式を一緒にサボッて渋谷に行って以来、伊万里は小春とすっかり仲よくなった。同い年とか同郷とか上京してきたばかりとか、共通項はいろいろあったが、小春は危なっかしい女の子だったから、眼が離せなかった。

スマホがないので切符を買ったらそれもなくしてしまったし、ランチに入ったレストランではボロボロこぼしてテーブルクロスを汚していたし、ご馳走してくれる約束だったのにお金が足りなくて結局伊万里が払ったし、最終的には慣れないハイヒールを履いているから足が痛いと泣きそうになって、雑司が谷の駅から彼女のアパートまで伊万里がおぶって帰った。

それでもちっとも嫌な気持ちにならないのが、小春のすごいところだった。甘え上手なのだ。憧れの渋谷で洋服屋さんに入っても、小春はピンク色のワンピースで、伊万里は野暮ったい紺のスーツ——新人タレントとマネージャーみたい、と内心で笑っていた。小春があまりにも綺麗なので、嫉妬する気にもなれなかった。そのくせ小春は伊万里の服ばかり一生懸命選んで、あれこれ世話を焼いてくる。

「伊万里ちゃん脚が綺麗だから、絶対こういうの穿《は》いたほうがいいよ」

しゃがんだ瞬間に下着が見えそうなミニスカートだったが、買ってしまった。脚が綺麗と言われたのが嬉《うれ》しかったからだ。

学校帰りに小春の部屋に寄り、一緒に夕食を食べるのが日課になった。渋谷に行ってから一週間の間に、三回も泊まった。

建物は古いが2LDKの広い物件だった。リビングに大きなソファがあって、居《い》心地《ごち》がいい。おまけに夕食までつくってくれる。小春がつくるわけではない。彼女は料理なんてできない。

小春には同居人がいた。冬馬《とうま》という名の弟だ。文京区《ぶんきょう》にある国立の高校に合格し、姉と一緒に上京してきた。全国でも指折りの名門校で、伊万里にとっては雲の上の存在と言っていい。

頭脳明晰《めいせき》なのは間違いないが、それだけではなく、冬馬はしっかり者だった。几《き》帳面《ちょうめん》だし、綺麗好きだし、料理の手際もいい。

家事などハナからやる気がなく、食べることと散らかすことしか能がない姉のお目付役として、両親が一緒に上京させたとしか思えなかった。小春がひとり暮らしだったら、たぶん汚部屋《おべや》の住人になっていただろう。

性格は真逆の姉弟でも、同じ血筋だから、冬馬も顔立ちが端整だった。ただ、まだ十五歳なので伊万里や小春より背が低く、線が細かった。勉強のしすぎなのか、メガネをかけた横顔が年齢に似つかわしくない愁いを帯びていた。

いつものように買物をしてから小春の部屋に一緒に行くと、玄関横にある洗面所で洗濯をしていた冬馬が声をあげた。

「伊万里さんって、そんな格好で学校行ってるの？　やばくない？」

渋谷で買ったミニスカートを、伊万里は穿いていた。水色のギンガムチェックで、太腿《ふともも》が半分以上見えている。

小春に綺麗と褒められた脚は、伊万里にとっても密《ひそ》かな自慢だった。腰が高くて、脚が長いのだ。スニーカーを履いていても、はっきりそうだとわかる。

「女子大だもん。男がいないから、関係ないでしょ」

伊万里は鼻で笑った。本当はかなり恥ずかしかった。学校に行けば女子ばかりでも、通学途中には男の眼がある。満員電車にだって乗らなければならない。そもそも伊万里はパンツスタイルが好きで、ミニスカートなんて穿いたことがない。

自宅の玄関を出るのに五分くらいためらったほど、生脚をさらして街に出るのは勇気が必要だった。

しかし、なるべく早く慣れる必要があった。自慢のパーツをしっかりアピールできなくては、恋のステージにあがれない。

「やっぱり効果満点ね」

小春が耳打ちしてきた。

「露出が多いと男は喜ぶのよ。奥手の冬馬が秒で反応したもん」

「あんたは肌を出すことなんて考えないでいいからね」

「どうして？」

「綺麗なお顔と素晴らしいスタイルがあるでしょ」

「ふふんっ……」

小春は満更でもない顔で買ってきた食材を冷蔵庫に入れ、缶酎ハイを二本持ってきた。ふたりでソファに座って、プルタブを開ける。冬馬が眼のやり場に困りそうなので、伊万里は膝の上にクッションを置いた。

伊万里も小春も、お酒を飲んだ経験がなかった。それにも慣れる必要があるので、一週間前から毎日飲んでいる。ビールはひと口しか飲めなかったが、甘い缶酎ハイなら一本飲んでも大丈夫だった。今日は二本にチャレンジする。小春はピーチフレイバー、伊万里はグレープフルーツが気に入っていた。

「まーた未成年が飲酒してる」

冬馬がやってきた。

「やめたほうがいいと思うよ、連日の法律違反」

「大学生になったら飲んでもいいの」

ねー、と伊万里と小春は眼を見てうなずきあった。

ふたりがソファを占領しているとき、冬馬はローテーブルを挟んだ正面の床に座るのが定位置だ。しかし、一度座ったのにすぐに立ちあがった。タオルケットを持ってきて、伊万里に渡した。クッションだけでは下着が見えそうだから、それで隠せということらしい。

「十五歳のガキんちょにパンツ見られても、全然平気だけどね……」

伊万里は鼻に皺《しわ》を寄せて言ってから、下半身をタオルケットで覆い隠した。もちろん、見られても平気ではなかったが、冬馬は真面目《まじめ》なのでからかうと面白い。

「こっちが困るんだよ。逆セクハラだって」

「なによう。小春だっていつも下着みたいな格好でうろうろしてるじゃない」

「姉ちゃんは姉ちゃんだけど、伊万里さんは他人でしょ」

「もしかして、わたしのこと意識してる？」

「してません」

「そんなにきっぱり言うことないでしょ。ちょっとはないの？　憧れてるとか？」

「どこに憧れればいいのかわからない。だいたいさ、ふたりともちょっと浮かれすぎ、大学生になったからって調子に乗りすぎだよ」

「冬馬！」

小春が睨《にら》んだ。

「いいから、あんたは早くごはんの支度して。麻婆豆腐《マーボー》は絶対につくって。わたしお昼から、あんたのつくった辛くない麻婆豆腐が食べたくてしようがなかったんだから」

「はいはい……」

冬馬をキッチンに追い払うと、小春は険しい表情のまま伊万里を見た。

「どれくらい飲んだ？」

「半分くらいかな」

「酔ってる？」

「どうだろう？　ちょっと頭がボーッとしてる感じ？　でも、最初に飲んだときみたいに、胸が苦しかったり、ドキドキしたりは、なくなった……」

「慣れてきたね」

「うん」

眼を見てうなずきあった。

ふたりはある約束をしていた。お酒に慣れたら、新歓コンパに参加する――現在、どこのサークルでも新歓コンパが花ざかりだ。それに参加してみたくても、お酒を飲んだ経験がなくては不安である。新入生が新歓コンパで急性アルコール中毒になったら、ニュースになってしまう。

ふたりで渋谷に行ったとき、眼につくすべてがキラキラと輝いて見えたけれど、いちばん興奮したのは洋服でもレストランでもなく、テレビでしか見たことがない街並みでもなかった。

すれ違う若いカップルだ。同世代か少し上くらいなのに、女の子は可愛い子ばかりで、男の子もカッコいい人が多かった。

「渋谷でデート、したいね……」

ボソッと言った小春がひどく淋《さび》しげだったので、伊万里は驚いた。

「できるでしょ、あなたなら、すぐにでも」

「したことないもん」

「デート？」

「うん」

「彼氏、いたことないの？」

「うん」

　絶対に嘘だ、とそのときは思った。すれ違う女の子がいくら可愛くても、小春はレベルが違う。その証拠に、街中の男がこちらを見ている。天下の渋谷でこんなにも目立っている。仙台でどんな学校に行っていたか知らないが、男子生徒全員に告白されたと言われても驚かない。

　しかし、あれから一週間が経《た》ち、毎日一緒にいたことで、伊万里は小春の性格を理解するようになった。

　少し抜けたところがあっても、嘘をつくような子ではなかった。むしろあけすけだ。こちらが戸惑ってしまうくらい率直で、思ったことをそのまま口にする。

「伊万里ちゃんは、いたことあるの？」

　雑司が谷から小春のアパートまでおぶって帰る途中、耳元で言われた。伊万里は彼女の体重があまりにも軽いことに衝撃を受けていたので、一瞬意味がわからなかった。伊万里は高校の三年間、ソフトボール部だった。チームメイトを背負って坂道をのぼったことが何度もあるが、こんなに軽い人はひとりもいなかった。

「ねえ、いたことあるの？」

「なんの話？」

「彼氏」

「……どうかな？」

「秘密主義なんだ」

拗《す》ねたような声で言われ、カチンときた。

「いるでしょ普通。でも、田舎の話だから地味なものよ。デートするのがショッピングモール、じゃなきゃゲーセン」

「エッチは？」

秘密主義者の誹《そし》りを受けたほうがマシだった、と少し後悔した。

「エッチはしたことある？」

伊万里はうなずいた。

「何人？」

「……ひとり」

本当はふたりだった。

「いいなあ……」

心底羨ましそうに、小春はつぶやいた。

伊万里は歯噛みをしていた。小春のような美人に羨ましがられる経験なんて、なにひとつしていなかったからだ。最初に付き合ったのが同級生で、埃《ほこり》っぽい体育倉庫で処女喪失。二番目の彼氏はふたつ上の社会人だったが、今度は十五万で買ったという中古車の中でカーセックスばかり……。

「あのさあ……」

伊万里は言った。

「わたし、勉強したくて大学に入ったわけじゃないんだよね。就職だってどこでもいいって感じ。たださ……なんていうんだろう？　笑ってもいいけど、素敵な恋がしたくて東京に来たの……」

小春をおぶっていたので、顔が見えなかった。だから言えたのだろう。伊万里は前を見て歩きながら続けた。

「素敵な恋って言っても、そんなに大それたことを考えてるわけじゃないのよ。おしゃれなカフェでお茶したり、おいしいもの食べ歩いたり、お金貯めて海の綺麗なところに旅行するとか……なんか自分でも笑っちゃうなあ。夢の小さい女だなあ……」

パンパン、と肩の内側を叩《たた》かれた。

「笑わない」

小春が言った。

「わたしもそうだから……」

声音がやけに真剣だった。

「わたしも恋がしたい……彼氏が欲しい……」

伊万里は立ちどまり、振り返った。息のかかりそうな距離で、小春と眼が合った。美人というのは、近くで見れば見るほど美しいものなのだと初めて知った。

「彼氏がいなかったなんて嘘でしょ」

「わたし嘘つかない。それだけは自信ある」

「仙台ってどんなところなわけ？　そんだけヴィジュアルが仕上がってて、モテないわけないじゃない」

「仙台っていっても……僻地《へきち》の女子高だし……ってか、わたしってそんなにモテそうに見えるかしら？」

ニンマリと笑ったので、伊万里は猛烈に腹がたった。

「ええ、見えますとも」

眉間に皺を寄せて睨みつけても、小春は楽しげに笑っていた。

「話をするなら、おんぶやめていいよ。そこの階段に座って話そうよ」

「大丈夫」

「重くないの？」

「ムカつくくらいにね！」

その後、小春の部屋に行って彼氏をつくるための作戦を立てた。冬馬が不在だったので、女子ふたりで思う存分、恋愛トークに花を咲かせることができた。

「ねえねえ、最初のエッチってどんな感じだった？」

「そういうのは人に訊《き》くもんじゃなくて、自分で経験するものでしょ」

キャーキャー言いながら身をよじって笑い、冬馬が帰宅してからも、小春の部屋にこもって朝までふたりでおしゃべりしていた。

わたしたちは発情してる、と思った。

若々しい夢や希望で甘味たっぷりにコーティングされていたけれど、あれはたしかに発情だった。

恋に恋して、素敵なセックスにも憧れて、まだ見ぬ相手の輪郭を必死に指でなぞっては、寝る間も惜しんで身悶《みもだ》えていた。

だがそれは、人生を狂わすほどの罪なのだろうか？

3

桜の花もすっかり散ってしまった四月下旬――。伊万里と小春は六本木《ろっぽんぎ》にいた。時刻は午後八時。

夜の六本木なんて渋谷よりも緊張するが、今夜ここにあるクラブで〈グッド・ドリームス〉というインターカレッジサークルが、新歓イベントを開催する。

伊万里と小春は学内のサークルに入るつもりはなかった。女子大のサークルには、当たり前だが女子しかいない。ふたりの目的は恋人探しだから、男子がいなくては意味がないのだ。

高校の部活と違い、大学になると複数の大学の学生で構成されるインターカレッジサークルなるものが存在する。真面目なことをやっているところも中にはあるのだろうが、一般的に「インカレ」と言ったら軟派なイメージだ。飲み会、合宿旅行、イベントなどを通じて、大学生活を楽しく彩ろうという趣旨である。ほとんど、男女の出会いのために存在すると言ってもいい。

そういうサークルは呆《あき》れるほどたくさんあったが、〈グッド・ドリームス〉は規模が大きかったし、なにより一流私大の公認であるところに安心感があった。伊万里や小春では逆立ちしても入れないほど偏差値の高い大学である。

きっといい人に出会えるはず、いや、出会ってみたいと期待に胸をふくらませて六本木にやってきた伊万里は、水色のギンガムチェックのミニスカートを穿いていた。靴はスニーカーではなくパンプスだし、髪だってベージュ系に染めてきた。

「超可愛いよ、伊万里ちゃん。それなら絶対ロックオンされる」

小春が太鼓判を押してくれたが、伊万里とお揃《そろ》いの白いニットにピンク色のフレアスカートを合わせている彼女のほうが、控えめに言っても十倍は可愛かった。引き立て役になってしまいそうだったけれど、それならそれでよかった。新歓イベントに参加するのは初めてだったし、六本木のクラブに足を踏み入れた経験もなかったので、まずはどういうものなのか、雰囲気を知りたい。

会場に入ると、真っ暗な中に原色の照明がチカチカ光っていた。レーザー光線みたいなものも飛んでいる。なにより驚いたのは、耳をつんざくような爆音で鳴っている音楽だ。アゲアゲ系のエレクトリック・ダンス・ミュージック——鼓膜を震わせるだけではなく、重低音がお腹《なか》にまで響いてくる。

イベントは午後六時からスタートしているので、ダンスフロアは最高潮に盛りあがっていた。「三百人規模のイベント」と勧誘のフライヤーには謳《うた》われていたが、とにかくたくさん人がいた。

伊万里と小春は怯《おび》えきった顔で身を寄せあいながら、ドリンクコーナーにコソコソと近づいていった。暗くてメニューがよく見えなかったので適当に注文すると、ミントの入った透明なカクテルを渡された。モヒートという名前だと後で知った。強いお酒だったが、さっぱりしていておいしかった。

大音響のダンスタイムが延々と続いた。

〈グッド・ドリームス〉の代表は、神宮寺《じんぐうじ》教一《きょういち》というカリスマ的な人らしい。てっきりその人がステージに立って、新入生を歓迎する言葉を述べたり、サークルについて説明したりするのかと思っていたが、そういうのは伊万里たちが来る前に終わってしまったのかもしれない。

とにかく音がうるさいから、先輩に挨拶するとか、誘いの言葉をかけられるというムードではなく、ダンスフロアに出ていく勇気もなかったので、伊万里と小春は壁際で所在なく立っているしかなかった。

「ねえねえっ!」

女の人が大声で叫びながらやってきた。

「あなたたち、二次会来るでしょう?」

黄色いTシャツの胸に、〈グッド・ドリームス〉のロゴが記されていた。スタッフなのだろう。垂れ眼が可愛らしく、やたらと胸が大きい人で、しゃべっているだけでユサユサ揺れた。

「二次会ならゆっくり話ができるし、友達増やしたいなら絶対来たほうがいいよっ！」

耳元で叫ばれた。そうでもしないと声が通らないのだ。

「あとで電話してっ！」

と渡されたサークルの名刺には、西村栄美《にしむらえみ》と記されていた。代表と同じ大学の三年生らしい。

彼女が去っていくと、伊万里は小春をうながして会場から出た。出入り口付近は人がごった返していたので、エレベーターで地上におりた。大音響から解放されたことで、ふーっと長い息を吐いた。東京の空気は臭くて好きになれなかったが、このときばかりは外の新鮮な空気がおいしかった。

「どうする？」

小春と眼を見合わせた。

「なんかもう疲れちゃったけど……」

「わたしも。でも、六本木まで来てこのまま帰るっていうのも……」

「そうよねえ……」

どうしたものかと考えていると、先ほどの西村栄美がやってきた。

「ちょうどよかった。わたしもいまから移動するから、一緒に行こう。二次会の会場は六本木じゃなくて大学の近くなの」

半ば強引にタクシーに乗せられた。

そういうものかとぼんやり思っただけだったのは、クラブ内の大音響と熱気のせいで放心状態に近かったからだろう。それに加え、手持ち無沙汰だったので、ふたりともモヒートを三杯も飲んでしまい、完全に酔っていた。伊万里は平らな道で何度も転びそうになったし、小春は眼つきがおかしかった。誘ってきたのが異性であれば、ついていかなかったはずである。

高田馬場《たかだのばば》の薄暗い裏通りで、タクシーをおりた。お金は西村栄美が払ってくれた。連れていかれたのは居酒屋の類いではなく、古いマンションの一室だった。絨毯敷《じゅうたん》きのリビングで五、六人の男が車座になって酒盛りをしていた。

「ここサークルの事務所なの。みんなスタッフだから安心して」

なぜそんなところに連れてこられたのか訊ねる隙も与えられず、男たちの間に座らされて酒を飲まされた。ジョッキに入ったオレンジ色の液体――〈グッド・ドリームス〉のスペシャル・カクテルだよと言われた。甘くて口当たりはよかったが、モヒートよりアルコールが強い気がした。

どう見ても「ゆっくり話ができる」という雰囲気ではなかった。男たちのテンションが異様に高く、名前だの年齢だの学校だの出身地だのを矢継ぎ早に質問され、答えるたびに飲まされた。これ以上酔ったらまずいと思った。小春は「やめて、触らないで」と体に触れようとした男の手を叩きながらも、トロンとした眼つきで勧められるままに飲んでいる。西村栄美など一気飲みだ。そうなると断ることができず、伊万里にも二杯目のジョッキが届けられた。

視界が揺れていた。顔が熱く火照ってしようがなかった。小春の顔も真っ赤だが、自分もきっとそうなっているはずだった。帰らなければならないと思っているのに、体に力が入らなかった。ハイテンションで話しかけてくる隣の男の質問に、機械的に答えるのが精いっぱいだ。

そのうち、揺れる視界の中で、西村栄美が男とキスをしはじめた。伊万里は自分の眼を疑った。夢でも見ているような気がしたが、まぼろしではなかった。それも、親愛の情を示す軽いキスではなく、口をむさぼりあい、舌をからめあっている。啞然として小春に眼を向けると、瞼《まぶた》を半分落として体を揺らしていた。ひどく眠そうで、キスに気づいていない。

西村栄美は〈グッド・ドリームス〉の黄色いTシャツを着ていた。ロゴを歪《ゆが》ませるほど大きく迫《せ》りだした胸を、男の手が揉《も》みはじめる。深いキスは続いていた。お互いに口の外まで出した舌を大胆にからめあい、唾液が糸を引く。

もはや、ほとんどセックスの前戯だった。胸を揉まれ、うっとりしている西村栄美から漂ってくるのは、発情した女の生々しいフェロモンだ。

伊万里は体が熱くなっていくのを感じた。顔の火照りが全身に波及していく感じで、そわそわと落ち着かなくなった。

このままみんなで乱交パーティ——不思議なくらい、そういう危機感はなかった。もしあったならば、小春の手をつかんで部屋を飛びだしていただろう。

伊万里の鼓動は乱れていく一方だった。不安とか恐怖とか、あるいは恥知らずな行為に対する嫌悪感とか、そういうものとは違う種類の感情に心を掻《か》き乱されていた。自分でもよくわからない感情だった。

とりあえず外に出て新鮮な空気を吸おう——立ちあがって玄関に向かおうとした。ふらふらと廊下に出たところで、後ろから双肩をつかまれた。

「こっちに行こうよ」

リビングではない、薄暗い部屋に押しこまれた。体の大きな男だ——直感的に思ったが、たしかめることはできなかった。双肩をつかんだ男の力は強く、伊万里は足元が覚束《おぼつか》なかったから、ベッドに突き飛ばされると、そのままうつ伏せに倒れた。

男は部屋のドアを閉め、伊万里に身を寄せてきた。体をあお向けにされ、キスをされた。伊万里は眼を真ん丸に見開いた。そのとき胸にひろがっていった感情は、はっきりと名付けて呼ぶことができる。

屈辱である。

相手は名前も知らない男だった。聞いたかもしれないが覚えていない。にもかかわらず、遠慮会釈なく胸のふくらみを揉んでくる。なにか言おうとすると、キスで口を塞がれる。体を起こそうとしても、強い力で押さえこまれる。

「やっ、やめて……ください……」

キスとキスの合間を縫って、ようやくそれだけ口にすると、

「好きになっちゃったんだ」

男はまぶしげに眼を細めて言った。

「三人いる中で、キミがいちばん可愛いよ」

伊万里は動けなくなった。

「脚もこんなに綺麗だし……」

太腿を触られた。ストッキングは着けていないから、素肌に直接、少し汗ばんだ男の手のひらを感じた。それがミニスカートの中に這《は》ってきた。脚を閉じようとしても、男の手はすでに太腿の付け根を揉んでいた。ショーツに包まれた部分に触れられると、体の芯に電流が走った。

男は息のかかる距離で、伊万里を見つめていた。ふざけている感じではなかった。

伊万里も眼を凝らして、男を見つめ返した。カッコいいとまでは言えないが、生理的に受けつけないタイプではなかった。清潔感があるし、髪型も垢抜《あかぬ》けた短髪で、地元で付き合っていた男たちよりも、見た目だけなら上かもしれない。

しかし、だからといって、こんなに簡単に許してしまっていいのだろうか？

今夜素敵な人に出会えたら、そのままお持ち帰りされてもかまわないと思っていた。新品の白い下着を着けてきたのもそのためだ。白い下着なんてダサいと思うが、経験上、男ウケがよかったから……。

だがそれは、相手がよほど素敵な人で、会話がはずんで波長が合って、とびきりの口説き文句でハートを撃ち抜かれた場合であり、酔った勢いで押し倒されることを想定していたわけではない。甘く蕩《とろ》けるようなセックスならこの身をまかせてもいいけれど、やり捨てにされるのは絶対に嫌だ。

それでも伊万里は動けなかった。

白いショーツに包まれている部分を刺激されつづけているからだった。触り方がやたらとうまかった。決して強くせず、やさしいタッチで感じる部分を繰り返し撫《な》でてきた。慣れている感じがした。見た目だけではなく、女を扱うテクニックも地元のふたりより上かもしれない。

気がつけば両脚を開かれていた。息のかかる距離で見つめあっているのに、男はキスをしてこなかった。キスをしてほしいと思った。恥ずかしかったからだ。

どうやら火がついてしまったらしい。アルコールで痺《しび》れた体にソフトな愛撫《あいぶ》が染み入り、ショーツの中がヌルヌルしてしようがなかった。そんな状況になっているのに、顔を見つめられているのは恥ずかしすぎる。

ショーツの横側から、男の指が入ってきた。濡《ぬ》れ具合を確認されたと思うと、気が遠くなりそうになった。

もはや抵抗する気はほとんどなくなっていた。濡らしているのに抵抗するのは滑稽だった。もう諦めよう、と自分に言い聞かせる。花びらの合わせ目をめくられ、中に指が入ってくると、自分でも呆れるほどいやらしい声をもらした。

「気持ちいい？」

男に訊ねられたが、伊万里は顔をそむけることしかできなかった。顔をそむけつつも、またいやらしい声が出てしまった。中で指が動きだしたせいだった。

男はわざと音をたてて掻き混ぜてきた。こんなに濡れているんだよ、とこちらに知らせるように……。

伊万里は息をはずませて身をよじった。男がようやくキスをしてくれると、自分から舌を出してからめあった。舌をしゃぶりあうような、淫らなキスをした。お酒の味がするキスをしたのは初めてだったが、まるで舌が性感帯になったように気持ちよかった。

ニットを脱がされ、ブラジャーを取られた。ミニスカートとショーツを脚から抜かれてしまうと、急に心細くなった。

だがすぐに、男も裸になって抱きしめてくれた。やはり、体の大きな男だった。とくに胸が分厚い。素肌と素肌を密着させると、なんとも言えない安らぎを覚えた。

伊万里はセックスが好きだった。初体験のときからそう思った。

破瓜《はか》の痛みは想像を絶していたけれど、心地よさのほうがそれを上まわっていた。性的な快感というより、裸で抱きしめあう心地よさだ。

男という生き物は射精だけにこだわるから、服を着たままセックスしてもいいと思っているが、間違っている。お互い裸で抱きあうことができるから、セックスは素晴らしい。体育倉庫でもクルマの中でも、伊万里は全裸になることを厭《いと》わなかった。裸で抱きあわないセックスなんて嫌だった。

「あっ……んんっ……」

乳首を吸われると息がとまった。興奮に硬く尖《とが》った突起を、男はやさしく吸い、舌で転がしてくれた。そうしつつ、体中を触ってきた。大きな手のひらが全身を這いまわった。やはりこの男は慣れていると思った。まるで羽を使って全身を撫でまわされているようだった。

こんな恋の始まりがあってもいいのかもしれない——男の愛撫に身を委ねながら、伊万里は思った。名前も知らない男だけど、好きだと言ってくれたのだ。小春もいるのに自分を選んでくれたということは、その好意は偽物ではない気がする。見た目は悪くないし、たぶん一流大学だし、エッチもうまいなら、充分に素敵な人ではないだろうか？

しかし……。

せっかく愛撫がうまいのに、うっとりしていられたのは一分くらいのものだった。男は早々に前戯を切りあげ、勃起したものにスキンを装着しはじめた。

まだ足りないよ——伊万里はむくれた顔をしたが、男はきっぱりとスルーして、両脚の間に腰をすべりこませてきた。太腿の裏側を持たれ、M字に開かれた。まじまじと見られて恥ずかしくなり、伊万里は両手で顔を覆った。手のひらが火傷《やけど》しそうなくらい、顔が熱くなっていた。

男が入ってきた。一気に奥まで貫かれた。いきなり動きだした。それもすさまじい勢いだった。

愛撫は繊細なくせに、挿入してからはずいぶんと雑だな——伊万里は思ったが、向こうも興奮しているのだろうと思うと怒る気にはなれなかった。

他の誰でもない、自分に対して興奮しているのだ。太腿の裏側を押さえ、一心不乱に突いてくる。その両手が胸に伸びてきて、ふたつのふくらみを揉みくちゃにされる。

伊万里は甲高い声をあげてしまった。雑だというのは撤回しようと思った。そうではなく、野性的なのだ。

怒濤《どとう》の連打を送りこまれるほどに、夢中になっていった。伊万里が充分に潤んでいたせいもあり、勢いよくピストン運動されても、しっかりと受けとめられる。

「キッ、キスしてっ……」

両手を伸ばすと、男は上体を覆い被《かぶ》せてきた。キスもしたかったが、それ以上に抱きしめてもらいたかった。

願いは叶《かな》えられた。男はキスをしながら首の後ろに腕をまわし、ぎゅっと抱きしめてくれた。力強いリズムで動いている男の腰に、伊万里は長い両脚をからめた。

体中が悦びに躍動しはじめた。男のリズムに合わせて、身をよじるのをやめられない。恥ずかしいくらい息をはずませながら、一ミリでも密着感をあげようと男の体にしがみついていく。

下半身のいちばん深いところが、陽を浴びたバターのようにドロリと溶けた気がした。不意におしっこがしたくなった。それが尿意ではなく、なにかの前兆であることを、伊万里は知っていた。経験豊富な友達に聞いたことがあった。
期待に胸がざわめきだした。
今夜、生まれて初めて中イキができるかもしれない……。

第二章　断末魔

1

凍えそうなほど寒い朝だった。

四月も下旬だ。東京の街にはもう、桜なんて咲いていない。葉桜の下は毛虫が落ちてくるから、あれほど愛《め》でられていた桜の木なのに、いまや一変、忌み嫌われる対象になっている。

桜が散ってしまったのに、この冷えこみ方は異常だと思った。

午前七時少し前、伊万里は早稲田《わせだ》通り沿いのファミリーレストランにいた。

ベンチシートの隣に座っているのは小春だ。ふたりとも口をつぐんで視線を落とし、コーヒーカップに手を伸ばすこともない。

正面にはふたりの男が仏頂面で座っていた。〈グッド・ドリームス〉の代表である神宮寺教一――大学生というより、社会人になって何年も経っていそうな貫禄《かんろく》があった。

横分けの髪に細面、銀縁メガネをかけた風貌が、ひどく神経質そうだった。そのくせベージュのジャケットを羽織った肩幅は広く、指が長くて節くれ立っているから、男らしさも感じさせる。

もうひとりは、志賀英光《しがひでみつ》――伊万里がゆうべ寝た男である。

背が高くて、胸がとても分厚い。神宮寺と同じ大学の四年生らしいが、ラグビーとかアメフトをやっているのかもしれない。一見して、体育会系の雰囲気を感じさせる。

ゆうべ……。

伊万里は志賀の名前もわからないまま、彼に抱かれた。〈グッド・ドリームス〉の事務所だという、高田馬場にある古いマンションの一室で。

リビングでは二次会という名目の飲み会が続いていたから、たとえ別の部屋とはいえ、セックスしてしまうなんて普通なら考えられないことだった。

ひどく酔っていた、というのが第一の言い訳だ。志賀は見た目通りに力が強かった、というのが第二の言い訳かもしれない。

それでも本気で抵抗しようとしたら、できたかもしれない。力では敵《かな》わなくても、悲鳴をあげることは間違いなくできたはずだ。

できなかったのは、眼を見て「好きになっちゃった」と言われたからだ。性的衝動に駆られた男が言いがちな、安っぽい台詞《せりふ》かもしれない。

だが、伊万里は小春と一緒に、その飲み会に参加した。彼女ほどの美人と連れだっていたのに、自分のほうを選んでくれたと思うと、舞いあがらずにいられなかった。安っぽい台詞が、夢の世界にいざなってくれるパスポートに思えた。こんなふうに恋が始まることだってあるかもしれない、と……。

「ああっ、いいっ！　すごいっ！」

志賀が送りこんでくる力強いピストン運動を受けとめながら、伊万里は自分でも呆れるくらい乱れてしまった。志賀はセックスがうまかった。愛撫は繊細なのに腰使いは野性的で、夢中にならずにいられなかった。

リビングには小春がいるのに……。

彼女に軽蔑されてしまうかもしれないのに……。

不安が胸をよぎっても、次の瞬間には淫らな快感が津波のようにすべてを洗い流し、なにも考えられなくなった。

伊万里はそれまで、いわゆる中イキを経験したことがなかった。クリトリスを刺激されてイッたことはあっても、結合状態でオルガスムスに達したことはない。イッてみたかった。

「ねえ、イキそうっ……わたし、イッちゃいそうっ……」

涙眼で見つめると、志賀はキスをしてくれた。息がとまるほど舌を吸われ、抱擁も強まった。そうしつつも、ピストン運動は続いていた。

志賀の送りこんでくる逞《たくま》しいリズムに翻弄された伊万里はやがて、自分の体をコントロールできなくなった。体中の肉という肉が暴れだし、顔が燃えるように熱くなっていった。呼吸をするのもままならないまま、志賀の体に必死になってしがみついた。オルガスムスの予感がみるみる現実味を帯びてきて、不意に、きつくこわばらせている体が重力から解き放たれた。

テレビで逆バンジージャンプを見たことがあるが、あんな感じだ。バンジージャンプは普通、高いところから地上に向かって落下するが、そうではなく、地上から天空に向かって、ゴムの反動を利用して飛んでいく。

「イッ、イクッ……イクイクイクーッ！」

ビクンッ、ビクンッ、と腰を跳ねさせ、志賀の腕の中でのたうちまわった。下半身のいちばん深いところで起こった爆発が、頭のてっぺんまで響いてきた。いや、指先や爪先までビリビリ痺れさせて、快楽の暴風雨に揉みくちゃにされた。

志賀が射精に達するまで、それから数分かかったはずだが、中イキしてからのことは覚えていない。文字通り頭の中が真っ白になって、ぎゅっと閉じた瞼の裏で歓喜の熱い涙を流していることしかできなかった。

志賀はうめき声をもらして射精を果たすと、すぐにペニスを抜いてスキンをはずした。それをティッシュに包んでゴミ箱に捨てる背中を、伊万里は息をはずませながら眺めていた。すぐには呼吸が整いそうになかった。手脚をベッドに放りだして、呆《ほう》けていることが心地よかった。骨抜きにされちゃった、と思った。

頭の中は真っ白でも、胸の中は幸福感でいっぱいだった。小春に軽蔑されるかもしれないけれど、それはもうしかたがない気がした。欲しいものが手に入ったという、たしかな手応えがあったからだ。

「大丈夫?」

まだ呼吸が整っていないのに、志賀は伊万里の手を取って体を起こそうとしてきた。

「ダメ……動けない……」

鼻にかかった甘えた声で返したが、強引に起こされた。志賀は伊万里の手を引き、部屋から出ていこうとした。お互い全裸のままだったのでびっくりした。

「どうせみんな裸だから気にすることないよ」

言葉の意味もわからないまま、リビングに連れだされた。常軌を逸した振る舞いだと、身がすくんだことをよく覚えている。リビングの照明で目の前が明るくなると、伊万里は悲鳴をあげてしゃがみこんだ。

しかし……。

そこに待ち受けていたのは、常軌を逸しているどころか、想像を絶するような光景だった。自分たち以外にも、全裸の人間が複数いた。西村栄美、彼女とキスをしていた男、そして、先ほどまではいなかった神宮寺教一である。

「こっ、小春っ……」

絨毯の上で胎児のように体を丸めている彼女もまた、一糸まとわぬ姿だった。雪国で生まれ育った真っ白い素肌がまぶしく、逆にそれが憐《あわ》れを誘った。ミルクティー色の長い髪に顔だけを隠し、声を殺して泣いていた。

なにがあったのか一目瞭然だった。衝撃のあまり、伊万里の体は震えだした。小春は処女だった。セックスを知らないまま、それを経験できる日を心待ちにしていた。素敵な相手とのロマンチックな初体験を夢見ていたはずであり、乱交パーティみたいなものに応じるはずがない。

しかも……。

それは終わりの光景ではなかった。

人生を一変させる長い夜は、まだ始まったばかりだったのである。

2

「とにかくさあ……」

神宮寺は冷めたコーヒーを口に運び、さもまずそうに顔をしかめてから言った。

「ゆうべのことは、レイプとかそういうんじゃないから。お互い合意の上で楽しんだんだし、そこんとこ履き違えないでくれよな」

その念押しをするために、伊万里と小春は早朝のファミリーレストランに連れてこられたようだった。

「ああ、楽しんでたね、間違いなく……」

志賀が小馬鹿にするように言った。伊万里が眼をあげて睨みつけると、下卑た笑いが返ってきた。

「とくにおまえはそうじゃないか。淫乱みたいなよがり方しといて、楽しんでなかったなんて言わせないよ」

伊万里は顔が熱くなっていくのを感じながら、うつむいて唇を噛みしめた。

「まあ、楽しんでた証拠もあることだし……」

神宮寺が釘《くぎ》を刺すように言った。

「キミら、間違ってもおかしなこと考えたりしないようにな。これからも仲よくやっていこうじゃないか」

「俺らとつるんでると、おいしい思いができるからね。うちのイベントのチケットをさばけば、家庭教師のバイトするより、ずっと効率よく稼ぐことができる。あっ、Fラン女子大じゃ家庭教師なんてできないか」

ククッ、と志賀が笑う。

「じゃあ、俺ら引きあげるけど、これで好きなもんでも食ってから帰りたまえ。ゆうべはずいぶんハッスルしたから、エネルギー補給したほうがいいぜ」

テーブルに一万円札を置き、神宮寺と志賀は店から出ていった。

伊万里と小春は動けなかった。言葉も交わせなければ眼を合わせることもできず、食欲なんてもちろん皆無だった。

とはいえ、いつまでもそうしているわけにはいかず、伊万里は立ちあがった。テーブルに置いてあった一万円をレジに持っていって支払いをすると、お釣りを小春に渡した。小春は受けとろうとしなかった。しかたなく、伊万里が預かっておくことにした。

強い風が吹きすさぶ中、高田馬場駅まで歩き、山手線《やまのて》に乗りこんだ。相変わらず会話もなければ眼も合わせられない状態だったが、朝のラッシュで混雑していたので、ふたりで背中を丸め、身を寄せあっていた。

小春の住んでいるアパートは雑司が谷にあり、次の目白駅から歩ける。しかし目白に着いても降りなかった。池袋まで行って地下鉄に乗り換えるつもりなのかと思ったら、西武池袋線の構内までついてきた。

小春を見ると、

「ごめん……」

うつむいたまま震える声で言った。

「ちょっと伊万里ちゃんちにいさせて……冬馬とね……どんな顔して会っていいかわからない……」

伊万里は小春の背中をさすり、一緒に西武池袋線に乗りこんだ。下りなので空《す》いていたが、そんなことはひとつの慰めにもならなかった。

石神井公園駅で降り、伊万里のアパートに向かった。陽当たりの悪いワンルームだから、部屋の中まで寒かった。いつもなら我慢するエアコンの暖房を入れた。部屋が暖まっても、体の震えはとまらなかった。

気がつけば、小春と抱きあって泣いていた。号泣だった。お互い、少女のように声をあげて手放しで泣きじゃくった。

どうしてこんなことになってしまったのだろう……。

〈グッド・ドリームス〉の事務所だというあの古いマンションは、きっと悪事を働くアジトのようなものに違いない。あの連中はいつもあそこを使って、似たようなことをしているのだ。段取りがよすぎたし、そもそもサークルの事務所にベッドが置いてあるなんておかしいではないか。

自分たちは最初から狙われていたのだ。もちろん、ターゲットの本命は小春に違いない。西村栄美はおそらく、神宮寺から指令を受けた。壁際にいるあの綺麗な女を二次会に呼べ――西村栄美は同性の先輩として自分たちを油断させる係だった。

そして、志賀だ。一瞬でも、あんな男に恋心を抱いてしまったなんて、自分の愚かさにやりきれなくなってくる。

「好きになっちゃった」なんて、まるっきりの嘘ではないか。リビングに伊万里がいるのが邪魔だったから、志賀は別の部屋で押し倒してきただけに決まっている。

伊万里がリビングにさえいれば、小春はまだ処女だったろう。乱交パーティが始まりそうになったら、伊万里は小春の手を取って部屋を飛びだしたはずだからだ。そういう気配を察したからこそ、彼らは阿吽《あうん》の呼吸で分断工作に出た……。

悔しかった。

それ以上に、小春に対して申し訳なく、いくら泣いても涙がとまらない。

危なっかしい彼女を、ひとりにするべきではなかった。しかも、ひとりにした理由はセックスだ。リビングにいる小春のことが何度も脳裏をよぎったのに、快楽に負けて放置してしまった。責任を感じないわけにはいかなかった。

「けっ、警察に行こうか？」

伊万里はしゃくりあげながら言った。

「えっ……」

小春が眼を見開く。

「わたし、あの人たち、絶対に許せない……被害届、出そう……」

伊万里は涙を流しながら、小春の美しい顔をまっすぐに見つめた。自分をもてあそんだことはともかく、小春の処女を無残に奪った罪だけは、なにがあっても償ってもらわなければならない。

「そんなことしたら、退学になっちゃうよ」

「こっちが被害者じゃないの」

「でも……」

小春が眼をそらせる。

「わたし、行けない……警察なんて……怖いもん……」

伊万里は言葉を継げなくなった。たしかに怖い、と思った。

レイプされましたと警察に届け出たところで、待っているのは羞恥と屈辱の生き地獄だろう。誰になにをされたのか、詳細に説明しなければならないというし、裁判だってある。すでにポッキリ折れてしまっている心を、さらにぐちゃぐちゃに踏み潰される。

しかも、あの連中のやり方は狡猾《こうかつ》だった。あとからレイプの嫌疑をかけられないように、あるいはこちらにそうだと思いこませるために、暴力を振るったりはしなかった。当然、怪我《けが》もしていない。心以外には……。

さらに、写真まで撮られている。もちろん、撮られたくなんてなかったが、酒とセックスとその場の強烈な同調圧力によって、被写体になることを拒めなかった。あの写真を流出させられたら、合意があったうえでの乱交パーティだったと判断されるかもしれない。そもそもあんな恥ずかしい写真、他の誰にも見られたくない。たとえ警察や裁判官でも……。

「ねえ、伊万里ちゃん……」

小春がすがるような眼を向けてきた。

「もういいよ……全部忘れよう……ゆうべはなにもなかったって、記憶を消しゴムでごしごし消すの……」

そんな都合のいい消しゴムなんてあるものか、とは言えなかった。絶対に記憶から消えないようなことをされたのは、小春のほうだからである。

彼女はこれから、好きな人ができるたびに、思いだすだろう。好きな人と結ばれるたびに、あの絶望的な初体験のことを……。

「いいよね、伊万里ちゃん？　警察なんて行かなくていいよ……もう怖いこと言わないで……」

小春にしがみついて言われ、伊万里はうなずくしかなかった。

嫌がる小春を引きずって警察に行くことなんてできないし、ひとりで行っては小春を裏切ることになる。結局は泣き寝入りかと思うと、悔しくて悔しくてまた涙があふれてきたが、泣く以外にどうすることもできないのが現実だった。

3

東京の街はひとりで歩いていると途端に淋しくなる。

伊万里はとくに人混みが苦手だった。誰かが隣にいてくれれば気にならないのに、ひとりで混みあった場所を歩いていると、自分の存在がどんどん小さくなっていくような不安に駆られ、そのうち消えてしまうのではないかと心細くなってしまう。

純聖女子大は池袋駅と目白駅の中間にあり、池袋駅を利用すれば西武線一本で石神井公園まで帰ることができる。しかし、駅前の凶暴な混雑に耐えられないので、ひとりのときは規模が小さい目白駅を利用することにしていた。池袋駅は構内の動線がめちゃくちゃだから、乗り換えもかなり鬱陶しいけれど、街中で洪水のような人波にさらわれるより多少はマシだ。

「伊万里さん！」

目白駅の改札前で、後ろから名前を呼ばれて振り返った。

「あら……久しぶり」

冬馬が立っていた。紺のブレザーに赤いネクタイ——高校の制服姿だ。

「いま帰りなの？」

「待ってたんですよ」

「わたしのこと？」

「三日目でようやく会えました」

メガネのブリッジを指で押しながら、自嘲気味に笑った。まだ伊万里より背が低いくせに、そういう表情は愁いを帯びていて、なんとも言えない大人っぽさがある。

「用があるならＬＩＮＥでも……」

言いかけて、やめた。冬馬はスマホをもっていない。いまどきスマホをもっていない高校生なんて少数派だろうが、彼は自分の意志でそうしているらしい。

スマホは脳に悪いから、使いはじめるのはなるべく遅い年齢のほうがいいのだそうだ。頭のいい人間の考えることはよくわからない。スマホがあれば、駅で三日も待ち伏せをする必要もなかっただろうに……。

「それで、なんの用？」

「最近、うちに全然来ませんね？」

「なによ……会いたかったわけ？　やっぱりわたしのこと意識してるのかな？」

冗談を言っても、以前のような楽しい気持ちにはなれなかった。伊万里は緊張していた。たぶん、顔がひきつっていたはずだ。

あの忌まわしい新歓イベントがあってから、すでにひと月が経っていた。あれ以来、伊万里はたしかに小春の部屋に行っていない。必然的に、冬馬とも会っていない。極端な人見知りではないけれど、一ヵ月ぶりに会う異性と話すのは緊張する。

冬馬がチラッと脚を見てきたので、伊万里の心臓は小さく跳ねた。

その日はデニムスキニーを穿いていた。蒸し暑い日だったが、生脚は出していなかった。トップスも長袖のシャツで、第一ボタンまでしっかりとめている。

ちょっと恥ずかしかった。ひと月前は半袖ニットとミニスカートだったのに、服装が季節に逆行しているみたいだ。

「ここにいると邪魔になるね……」

改札前で何度もぶつかられ、移動することにした。ふたりで駅前のドトールに入った。冬馬はロイヤルミルクティーを、伊万里はアイス豆乳ラテを頼んだ。

「姉ちゃんと喧嘩《けんか》したんですか？」

席に着くなり、冬馬に真顔で訊ねられた。

「べつに……学校じゃ毎日会ってるよ」

伊万里は冬馬から眼をそらした。嘘は言っていなかったが、キャンパスで顔を合わせても、以前のようにべったり一緒にいることはなくなった。

「姉ちゃん、最近様子がおかしいんですよ。伊万里さん、そう思いません？」

「どんなふうにおかしいのよ？」

「前から明るい人でしたけど、明るさの底が抜けちゃったみたいっていうか……やたらと派手な服を買ってきては、鏡の前ではしゃいでいて、でも、はしゃぎ疲れると、魂が抜けたみたいにボーッとして……」

「はしゃぎ疲れたら誰だってボーッとするんじゃないかしら」

「いや、完全に情緒不安定なんです」

冬馬はきっぱりと言いきった。

「姉ちゃんの名誉のために黙ってましたけど、あの人、馬鹿みたいに見えても、根が真面目でものすごく臆病なんです。高校のときなんて、こんな分厚い瓶底メガネにおさげ髪で、超絶ダサかったし……」

「またまたー、超絶ダサいは言いすぎじゃないの？」

「それが言いすぎじゃないんですよ。っていうのも、実家のまわりって不良の巣窟みたいな高校が集まってて、あの子可愛いなって目立っちゃうと、悪い連中が群がってきちゃうから……自己防衛っていうのもあったんでしょうけど……」

深い溜息をつく。

「そういう抑圧された高校時代を送ってたんで、変身願望があったんでしょうね。びっくりしましたもん。東京に来るなり、いきなり金髪に染めたりして」

「……金髪じゃなくてミルクティーね」

「咎《とが》めてるわけじゃないですよ。あのときは外見が変わっても、中身は変わらなかったから……でもいまは……」

小春の変化には、伊万里もとっくに気づいていた。

一緒にいることが少なくなったので、情緒不安定かどうかまではわからないが、あきらかに以前の小春ではなくなった。眼つきにしろ仕草にしろ、別の人間が彼女を演じているように見えるときさえある。

いちばん驚いたのは、〈グッド・ドリームス〉と積極的に関わりはじめたことだ。ゴールデンウィークにクラブイベントやバーベキューパーティがあるからと、伊万里のところにもチケットを売りにきた。

「あんたなにやってんの？」

伊万里が唖然とした顔で訊ねると、

「えぇーっ、お小遣い稼ぎ」

小春は無邪気に笑っていた。

「うちの学校、大学デビュー予備軍がいっぱいいるから宝の山よ。伊万里ちゃんも一緒にチケット売らない？」

もちろん断った。ゴールデンウィークは帰省するからと嘘をつき、イベントにもパーティにも参加しなかった。

小春は参加したのだろう。自分たちを罠《わな》に嵌《は》め、レイプじみた乱交パーティに誘いこんだ連中の催しに……。

まったく意味がわからなかった。「全部忘れよう」という話はいったいどうなったのだろうか？　一瞬、〈グッド・ドリームス〉の誰かに脅されているのかと思ったが、小春はやけに楽しげだった。それがまた不安を誘った。キャンパスで彼女の姿を見かけるたびに、嫌な予感で胸が苦しくなった。

とはいえ、そういう状況に至った経緯を、冬馬に話す気にはなれなかった。彼がいくら頭脳明晰なしっかり者で、姉の変化に気を揉んでいるとしても、年下の異性に事情を説明できるわけがない。

「まあ、女の子にはいろいろあるのよ。高一男子にはわからないことが」

なるべく軽やかに言ったつもりだが、冬馬と眼は合わせられなかった。

「こう見えて心配しているんですけどね」

冬馬は強い口調で返してきた。

「姉ちゃんだけじゃなくて、今日会ったら、伊万里さんのことも心配になりました」

「えっ……」

伊万里は冬馬に眼を向けた。

「わたしのどこが……心配な……わけ？」

しどろもどろになってしまったのは、こちらに向けられた冬馬の視線が、すべてを見透かしているように見えたからだ。

「うちに遊びにきてたときと、全然雰囲気が違うじゃないですか。姉ちゃんも変わったけど、伊万里さんも変わった……これって偶然なんですか？」

伊万里は言葉を返せなかった。雰囲気が変わったのは、染めた髪の色が元に戻って、化粧も薄いからだ。そして、肌を出さないようになった。なんとなく、目立つのが嫌になったからだった。

「そりゃあ、ね……」

冬馬の声音が急に弱々しくなった。

「僕なんか頼りにならないかもしれませんよ。シリアスな相談をされたって、なんにもできないかもしれない。でも……」

「でも？」

思わず訊き返してしまったのは、冬馬の表情が悲痛に歪んだからだ。

「僕、伊万里さんがうちに遊びにきていた時間が、すごく好きだったんですよ。姉ちゃんがとっても嬉しそうだったでしょう？　嬉しそうだったんですよ。あの人、地元じゃ友達いなかったから……また姉ちゃんの秘密をバラしちゃいますけど、ダサい格好して学校行ってたの、不良から眼をつけられないようにするためだけじゃなかったんです。普通にしてると、いじめられるんです。同性から……わかるでしょう？」

伊万里はしばらく眼を泳がせてから、うなずいた。度を過ぎた美人は、同性からの悪意の対象になりやすい。

「だから、三人でくだらないことやってたあの時間が、また戻ってこないかなあって……伊万里さんと姉ちゃんが喧嘩したなら、仲直りしてほしいなって……無理なんですかね？　こじれた人間関係って、そう簡単に修復できないものなんでしょうか？」

伊万里の胸は熱くなった。冬馬は本当に、心から姉のことが好きなんだなと思った。それをシスコンと笑い飛ばすことなんてできなかった。対象がなんであれ、心から好きになる気持ちは尊い。

伊万里も小春が好きだった。しかし、彼女がもし、自分と距離をとることで忌まわしい過去を忘れることができるのなら、それでいいと思っていた。

東京で初めてできた友達で、波長が合って一緒にいると心地よかった。あれからひと月経っても新しい友達なんてできないけれど、小春を苦しめるくらいなら、ひとりでいる淋しさを嚙みしめていたほうがいい……。

だが、冬馬と話しているうちに、それは逃げではないかと思えてきた。

関係を断ち切って、過去を忘れたいのは自分のほうなのではないのかと……。

卑劣な男たちにもてあそばれたことではない。そうではなく、卑劣な男たちから小春を守れなかった罪悪感から逃れたいのだ。友達よりもセックスの快感を選んでしまった事実と向きあい、自己嫌悪に陥るのがつらいのである。

4

五月最後の日曜日、伊万里は奥多摩《おくたま》に向かった。

〈グッド・ドリームス〉のバーベキューパーティに参加するためだ。

そんなものに参加などしたくなかったが、小春をキャンパスでつかまえ、話がしたいと言ったところ、

「ごめんねー。わたし、最近忙しくてさあ」

ケラケラと笑いながら断られた。

「ちょっとでいいのよ。一時間くらいどっかでお茶しない?」

「その一時間もひねり出せないほど超多忙なわけだな」

「いつなら都合つく?」

「そうねー」

小春は人差し指を顎に置いた。もったいぶった態度にイラッとした。

「日曜日にサークルのバーベキューパーティがあるから、伊万里ちゃんも参加しない?」

「サークルって〈グッド・ドリームス〉でしょう?」

「うん」

「それはちょっと……」

「そんなに怖がんなくて大丈夫だって。いろんな大学の人が来て楽しくバーベキューするだけだし、そこならゆっくり話もできるよ。はい、これチケット。女子はひとり四千円になります」

小春にチケットを渡されてしまい、伊万里は渋々四千円を払った。場所が奥多摩と書いてあったので、それなら行き帰りの電車の中でも話ができると思ったからである。

ところが、小春は先輩のクルマで現地に向かうとかで、伊万里は結局、ひとりで電車とバスを乗り継いで行くことになった。先輩のクルマに同乗しないかと誘われたが、小春以外の〈グッド・ドリームス〉関係者とは関わりあいになりたくなかったので断った。

なんだか騙《だま》された気分だったけれど、伊万里は決意していた。小春の真意を問いただしたいという、断固たる決意だ。

忌まわしい過去を忘れられるくらいサークル活動が楽しいというのなら、それでいい。だが、心変わりをした理由を知りたい。

あの日、高田馬場で屈辱的な夜を過ごしたあと、ふたりで抱きあって泣きじゃくった。そうしなければならないほど、つらい目に遭わされたではないか。彼女の中で、それはもうどうでもいいことになってしまっているのか……。

そうとは思えなかった。

身近にいる冬馬は「情緒不安定」と言っていたし、チケットを渡してきた小春の眼つきはひどく虚《うつ》ろで、こちらを見ているのに、見られている気がしなかった。

なにかあるに違いないと思った。

知れば伊万里も傷つくことになりそうだが、このまま頰被《ほおかぶ》りしていては、冬馬に対して申し訳が立たない。自分たちに降りかかってきた災難の詳細を彼に話すことができない以上、いま小春に手を差しのべることができるのは、伊万里を措《お》いて他には誰もいないのである。

バーベキュー会場は、新緑の渓流沿いにあった。あらかじめ設備が整っているところではなく、管理者のいない単なる河原だった。

伊万里が到着したときにはすでにけっこうな人数が集まっていて、ざっと三十人ほどの大学生男女が、各々テントを張ったり、バーベキューコンロで火をおこしたりしていた。

秩序はなかった。四、五人ほどのグループが、それぞれ勝手に動いている感じだったが、みんなバーベキューに慣れているようで楽しそうだった。イベントサークルに属していれば、こういった催しがよくあるのだろう。テントや道具もお金のかかった本格的なものを使っている。

小春はすぐに見つかった。

真っ赤な服を着ていたからだ。手脚やデコルテを大胆に露出したキャミソールドレスだったので、伊万里は啞然としてしまった。

都心から二時間ほどでアクセスできるとはいえ、ここは山の中である。河原だから足元なんてジャリなのに、ご丁寧にもハイヒールまで履いている。

伊万里なんて、ヤッケにデニムパンツにスニーカーの完全装備だ。まわりを見渡しても、女子はたいていそんな感じである。

日焼けしたくないし、虫刺されも嫌だし、蛇にだって嚙まれたくない——そういった自然の驚異をいっさい無視して、キャバクラ嬢より肌を露出しているなんて、小春はいったいなにを考えているのだろう？

話をしにきたのだから、声をかけなければならなかった。だが、遠くから見守っていることしかできなかったのは、小春の装いに呆れていたからではなかった。

隣に神宮寺教一がいたからだ。

小春は神宮寺と手を繫《つな》ぎ、時折しなだれかかっては笑っている。会話は渓流の音に遮られているのに、キャッキャとはしゃいでいる声まで聞こえてきそうだ。

夢でも見ているようだった。

神宮寺は悪辣な手段で小春の処女を奪った張本人である。そんな男と手を繋いで笑いあっているなんて、正気の沙汰とは思えない。

いや……。

手を繋いで笑いあっているどころか、そのうちキスまでしはじめた。小鳥同士がくちばしをついばみあうような可愛いキスだったが、みんなの前で……小春のほうから唇を寄せて……。

ジャリ、ジャリ、と足元で音がした。伊万里が後退《あとずさ》ったからだった。

これが小春の「真意」であり、この光景を自分に見せつけるためにバーベキューに誘ったのだとわかった瞬間、こんなところにはいられないと思った。

振り返って走った。まわりなんてなにも見えなかった。椅子やテーブルにぶつかって倒してしまい、背中から怒声が飛んできたが、かまっていられなかった。

走って走って、暗い林の中に入った。それでもまだ走りつづけ、何度も巨木と衝突し、やがて木の根につまずいて派手に転んだ。起きあがることができなかったのは、膝をぶつけた激痛のせいではなかった。

伊万里は泣いていた。現実のあまりの残酷さに、涙があふれてとまらなかった。

あのふたりが恋人同士になったとすれば、アプローチしたのは神宮寺のほうからに違いない。たった一度でやり捨ててしまうには、小春は美しすぎたのだ。

もちろん、小春がすんなり応じたとは思えない。心が千々に乱れ、悩み苦しんだに決まっているが、神宮寺は曲がりなりにも大規模イベサーの代表だ。話術が巧みだろうし、写真という脅迫材料だって握っている。そっちにとっても悪くない話だろ？　サークルの代表の公認の彼女になれるんだから、恥ずかしい写真をネットでバラ撒《ま》かれるよりよっぽどいいじゃないか……。

小春のあの虚ろな眼の正体は、諦めだったのだ。すべてを諦め、自棄《やけ》になって、真っ赤なキャミソールで山の中のバーベキューパーティにやってきている。

助けなければならなかった。

なんとかして小春を神宮寺から切り離さなければ、小春はそのうち心を壊してしまうだろう。どれだけ諦めても、どれだけ自分を騙しても、レイプじみた乱交パーティで処女を奪った男を心から愛せるわけがない。

しかし、伊万里は力尽きていた。心はショック状態だし、無闇に走りまわった体は疲れ果て、小春を助けにいきたくても、起きあがることができなかった。

気がつけば、うつ伏せで泣きながら眠りに落ちていた。

眼を覚ましたのは、後頭部が濡れていることに気づいたからだ。

あたりは真っ暗で、雨が降っていた。立ちあがって確認すると、ヤッケの背中がびっしょ濡れだった。頭上には木々が茂っているにもかかわらず、それでも濡れてしまうほど強い雨らしい。

スマホで現在地を確認しようとして、途方に暮れた。バッグがなくなっていた。先ほど走りまわったときになくしたに違いないから、この林の中に落ちているはずだが、三メートル先も見えないのに落とし物を探すなんて無理だ。

とにかく暗いのが怖かったので、林を出ようとした。小春の顔が脳裏をよぎったが、スマホがなくては連絡もできない。それに、彼女は神宮寺と一緒にいる。バッグをなくした情けない状況で、あの男と顔を合わせたくない。

元の場所まで戻れば、バス停はそれほど遠くなかった。財布もなくしていたが、事情を説明して駅まで乗せてもらい、交番に助けを求めよう。

なんとか林から抜けだし、視界はほんの少しだけよくなったものの、今度は雨脚が強くなった。ほとんど土砂降りだから、ヤッケのフードを被ったくらいではどうにもならない。

突然空が白く光り、ドドーンと音がした。

「きゃあっ！」

伊万里は悲鳴をあげてしゃがみこんだ。全身がぶるぶると震えだし、こんなところで雷に打たれて死にたくないと思ったときだった。

「おーいっ！」

男の声がした。眼を凝らしてあたりを見渡すと、テントから白い手が出ていて、こっちに来いと手招きしている。テントが濃いカーキ色だったので、すぐには気がつかなかったらしい。

伊万里は生まれたての子鹿のような情けない歩き方で、声のほうに近づいていった。わりと大きめなドームテントだった。入口のファスナーがさげられた。中にたくさん人がいた。よく見えなかったが、全部で四人、全員男……。

「なにやってんの？　タオル貸してあげるから、早くヤッケ脱いで中に入りな」

さすがにためらったが、また空が光り、ドドーンと雷が落ちたので、悲鳴をあげながらあわててヤッケを脱ぎ、中に入った。

テントの中は雨音がうるさかった。バラバラッ、バラバラッ、という音が、鼓膜を容赦なく震わせてくる。

湿気と熱気もすごかった。テントの中にむんむんとこもっている感じで、借りたタオルで顔を拭いても、すぐに汗が噴きだしてきた。

おまけに……雨宿りをさせてもらってこんなことは言いたくないが、ちょっと不快なほど男くさい……。

「劇的な再会だなあ……」

　ククッ、と喉を鳴らして笑う者がいた。雨音がうるさいので、声だけでは誰だかわからなかった。

「彼女、真面目な顔して体はすげえいいぜ。ド淫乱だから、打ち甲斐《がい》がある」

　志賀だった。

　伊万里はうつむいて眼を合わせなかった。

「へええ、もうお試し済みかい？」

　別の男が言った。

「新歓イベントのあとに、事務所で朝まで大盛りあがり……」

　志賀が笑い、その場にいる全員の視線が伊万里に集まった。

　顔から血の気が引いていくのがはっきりとわかった。伊万里はヤッケの下に白いTシャツを着ていた。胸の隆起具合がはっきりわかるタイトフィットなデザインだった。

　それを着てきたのも大失敗だったが、ヤッケの中まで雨が染みこんでいたので、水色のブラジャーが透けている。

　舐《な》めるような熱い視線が、その部分を這いまわっていた。ドクンドクンッ、と心臓が早鐘を打ちだした。逃げなきゃダメ！　と本能が叫ぶ。

　しかし、いつの間にか出入り口のところに男のひとりが座っていた。伊万里の逃げ道を塞いだ格好だ。

「お試し済みのド淫乱なら、暇つぶしにちょうどいい相手だな」

「全員打ち終わるころには雨もやむだろう」

「俺さあ、最近肩凝りがひどくてさあ」

男のひとりが棒状のもので自分の肩を叩いた。伊万里は眼を見開いた。電動マッサージ器のようだった。女の性感を刺激するラブグッズとして使われているという……。

「俺も俺も。ククク、夜までこいつの出番はないと思ってたけどな」

志賀の手にも電マが握られている。

「やっ、やめてください……」

腕を取られたので身をすくめた。男が手を離さないので振り払うと、四人全員が襲いかかってきた。

あっという間にあお向けに倒され、口をタオルで塞がれた。そんなことをしなくても、雨音がうるさくて、悲鳴をあげたところでテントの外まで聞こえない。絶望に目の前が暗くなっていく。

「おまえ、好き者だからいいだろう?」

志賀が電マのスイッチを入れる。

「服を脱がす前に、二、三回イカせてやるからよ。そうすりゃ、自分から裸になりたくなるって」

「ぅんぐっ！　ぅんぐぅうーっ！」

M字にひろげられた両脚の間に、電マのヘッドをあてられた。

伊万里は激しく身をよじった。

電マなんて使ったことがないが、びっくりするほど振動が強かった。生地の厚いデニムパンツを穿いているのに、クリトリスまでビンビンくる。いや、あてられ続けていると、子宮ごと下半身の深いところが掻《か》き混ぜられているようだ。

「ぅんぐっ！　ぅんぐぅうーっ！」

信じられないことに、三分とかからずオルガスムスの前兆が訪れた。いやらしい気分になんて、全然なっていなかった。屈辱を嚙みしめているだけなのに、体は電マの振動を快楽として受けとめる。いやいやと身をよじっているつもりでも、いつの間にか男を誘うように腰をくねらせている。

「どうする？　嫌ならやめてやるけど……」

志賀が下卑た笑いをもらした。ぶるぶると振動している電マのヘッドで、デニムパンツ越しに股間を撫でまわしながら……。

「やめるかい？」

たしかに、いまならまだ引き返せる気がした。服を脱がされたわけでもないし、マッサージ器でちょっと悪戯《いたずら》されただけだと自分を慰めることもできそうだった。

しかし、伊万里は首を横に振った。自分でも信じられなかった。

「続けていいんだな?」

泣きそうな顔でうなずく。

「じゃあ、言うべきことをちゃんと言えよ」

志賀が目配せし、伊万里の口をタオルで押さえていた男が、それを離した。顔が燃えるように熱くなっていく。

「イッ、イキたいっ……イカせてっ……」

伊万里が上ずった声で言うと、テントの中で爆笑が起こった。かまっていられなかった。振動する電マのヘッドが、クリトリスに強く押しつけられた。

「ああっ、いやっ……イッ、イッちゃうっ……イッちゃいますっ……はっ、はぁああああーっ!」

自分が放っているのはいやらしい嬌声《きょうせい》などではなく、断末魔の悲鳴だと思った。

第三章　一枚の写真

1

　奥多摩で行なわれた〈グッド・ドリームス〉のバーベキューパーティから帰ってくると、伊万里は陽当たりの悪い自分の部屋に引きこもった。誰とも会わなかったし、学校にも行かなかった。

　東京は例年より早く梅雨入りし、毎日雨ばかり降っていた。おかげで沈んだ気持ちがよけいに鬱々として、そのうち起きあがる気力もなくなり、日がな一日黴臭《かびくさ》い布団にくるまっていた。

　もう学校なんてどうだってよかった。奥多摩から帰ってからずっと、いや、帰りの電車の中から、学校をやめることばかり考えていた。

やりたい仕事が見つかったわけでもなければ、別の大学を受験し直すつもりもない。伊万里の学力では別の大学に行ったところで同じことの繰り返しになりそうだし、そもそも勉強なんて好きではないのだ。

伊万里が東京にやってきたのは素敵な恋をするためであり、その夢は無残に打ち砕かれた。きっと、自分程度の女が素敵な恋を求めるのなんて、大それた夢だったのだろう。もう女子大生の肩書きもいらないし、東京にいる意味だってない。たとえ残るとしても、生活環境を大幅に変えたい。

問題は小春だった。

伊万里もずいぶんとひどい目に遭ったけれど、彼女が足を突っこんでいる沼のほうが、はるかに深く危険な感じがする。

志賀によれば、小春は〈グッド・ドリームス〉の代表である神宮寺教一に相当気に入られているらしい。本人もまるで彼女のように振る舞っているが、あれは嘘だ。小春は〈グッド・ドリームス〉の正体を知っている。知っていて眼をつぶっている。サークルのイベントに積極的に参加したり、さも楽しそうにはしゃいでいるのは、自暴自棄になっているからに過ぎない。

〈グッド・ドリームス〉はふたりで入ったサークルだった。ふたりで同じ夢を見て行動した結果なのだから、小春を残して自分だけ逃げだすわけにはいかなかった。

本当に水が合っているならともかく、このままでは猛獣の檻《おり》の中に置き去りにすることになってしまう。

奥多摩のバーベキューから一週間後の日曜日、覚悟を決めた伊万里は、長雨の降りしきる中、小春の家に向かった。

〈グッド・ドリームス〉のスケジュールを確認すると、この週末は沖縄ツアーに行っているようだった。ひと足早く夏を先取りするという神宮寺肝煎《きもい》りの企画らしいから、小春も一緒に行っているはずだった。

飛行機の到着時間まではわからなかったが、まだ帰ってきていなかったら、冬馬に小春の様子を訊けばいいと思い、おみやげのケーキを買って、夕暮れ前に向かった。

インターフォンを押して出てきたのは冬馬だった。伊万里の顔を見てびっくりしている。冬馬と会うのは、目白駅で待ち伏せされて以来だった。

冬馬は姉を心配していた。三人で仲よくやっていた時間を取り戻したい、と言っていた。伊万里は彼の期待に応えられなかった。

「小春、いる？」

「いますけど……」

冬馬は気まずげに眼を泳がせた。

「荒れてますよ」

「なんで？」

「沖縄に行けなかったから……」

伊万里は眉ひそめた。

「行く予定だったんでしょ？」

冬馬はうなずいた。

「新しい水着を三つも買って、さんざん見せつけられましたからね。こっちはうんざりしてるのに」

「どうして行けなかったの？」

冬馬は曖昧に首をかしげた。

「悪いけどさ……」

伊万里は財布から千円札を二枚出して冬馬に差しだした。

「これで映画でも観てきてくれない？」

冬馬は賢い十五歳だった。人払いされていることをすぐに察し、

「時間くらい自分で潰せますよ」

お金は受けとらず、靴を履いて玄関から出ていった。

伊万里はパンプスを脱ぎ、部屋にあがっていった。小春はリビングの床に座りこ

んでいた。目の前のローテーブルには赤ワインのボトル。芳醇《ほうじゅん》で華やかな香りが漂ってくるのに、小春の表情は険しかった。眉間に皺を寄せ、眼が据わっていた。見たこともないほど荒《すさ》みきった雰囲気に、気圧《けお》されてしまう。

「ケーキ買ってきたんだけど……」

伊万里は顔をこわばらせて言った。

「ワインには合わないか……」

「合うかもしれないから置いといて」

小春はニコリともせずに言い、ワインを飲んだ。グラスに半分ほど入っていたものを一気に飲み干し、ボトルから注いではまた飲む。伊万里は驚いた。自分と一緒に飲んでいたときは、缶チューハイ一本で酔っ払っていたのに……。

伊万里はケーキの箱をテーブルに置き、床に座った。懐かしい景色が逆に、胸を締めつける。冬馬を含めた三人ではしゃいでいたのが、ひどく遠い昔のように思える。あれからまだ、三ヵ月も経っていないのに……。

「沖縄、行かなかったんだ？」

伊万里が訊ねると、小春は黙ってうなずいた。眼も向けてこない。

「どうして？」

苛立《いらだ》ちを隠さずに首をかしげる。

「行くつもりで準備してたんでしょう？」

「突然おまえは来るなって言われたの！　直前になって！」

嚙みつきそうな顔で睨まれた。

「……神宮寺さんに？」

「そう！」

伊万里はそれ以上追及するのをやめた。小春はドタキャンさせられたことに憤慨しているようだったが、伊万里としては行かなくてよかったと思ったからだ。

「わたしさ……」

「どうしてよ？」

伊万里は話を切りだした。

「学校、やめようと思って……」

小春が眉をひそめた。

「学校にいたままだと、〈グッド・ドリームス〉と縁が切れないと思って……関わり合いになりたくないのに、イベントや合コンの誘いがどんどん来るし。なんかもう、嫌んなっちゃって」

「そんな話、どうしてわたしにするの？」

「一緒にやめようよ」

小春は「ハッ」と失笑した。

「なんでわたしまでやめなきゃならないのよ」

「あなた、〈グッド・ドリームス〉に嵌まってるでしょう？　このままだと、そのうちとっても悪いことが起きる気がする」

「わたし、大事にされてるもん」

「神宮寺さんに？」

「そう」

「いまだけなんじゃないの？　すぐに飽きられるわよ。ううん、もう飽きられているかも。神宮寺さん、沖縄には別のお気に入りを連れてったんじゃないのかな？」

少し皮肉っぽく聞こえたのかもしれない。

「嫉妬しないでくれる？」

小春は吐き捨てるように言うと、箱を乱暴に開け、手づかみでケーキを食べはじめた。行儀が悪いというより、もはや病的な感じがした。見た目が可愛いイチゴのショートケーキなのに、眺めもせずにむしゃむしゃと食べては、赤ワインで流しこむ。グラスの脚を持たないから、ボウルのガラスに生クリームがべっとりつく。

「伊万里ちゃんは、自分が大事にしてもらえないから、神宮寺さんと付き合っているわたしに嫉妬してるだけ」

伊万里は唇を嚙みしめた。小春は嫉妬するのが馬鹿馬鹿しくなるくらい、美しく可憐《かれん》な女だった。

しかし、たしかにいまは嫉妬しているのかもしれない。小春を心配する気持ちに嘘はないが、と同時に、彼女に対してなんとも言えない複雑な感情を胸に抱いているのも事実だった。

バーベキューパーティでのことだ。

突然の雷雨に見舞われた伊万里は、心が折れる寸前で、あるテントに招き入れられた。助かった、と安堵《あんど》したのも束の間、そのテントには志賀を含めて男ばかりが四人いた。

伊万里はまさに、猛獣の檻に放りこまれた憐れな小羊だった。四人がかりで押さえつけられ、二本の電マで責められた。両脚をひろげられ、デニムパンツ越しに振動を送りこまれた。

最初は歯を食いしばって声をこらえていた。無反応のマグロ女に徹していれば、男たちもしらけてしまい、やめてくれるだろうと思った。つまらない女だと放置されることを期待した。

しかし、三分も経たないうちにオルガスムスの前兆が訪れた。心は冷えきっているのに、体は絶頂を求めて疼《うず》いていた。

信じられなかった。振動する電マのヘッドは、生地の厚いデニムパンツの上から股間にあてがわれていた。にもかかわらず、感じてしまうことに抗《あらが》えない。電マとは、こんなにも簡単に女の体を支配できる恐ろしい道具なのか？

「イッ、イッちゃう……イッちゃいます……」

口走りながら果ててしまうと、その後はもう、男たちの言いなりだった。服を脱がされ、裸身をもてあそばれた。体中を撫でまわされ、胸のふくらみを揉まれ、乳首を吸われた。四人がかりで……。

電マのスイッチもまだ切られていなかった。屈辱に涙することもできないまま、二度、三度とイカされた。イケばイクほどオルガスムスの衝撃は強烈かつ濃厚になり、体中の痙攣《けいれん》がとまらなくなった。

「まっ、またイキそうですっ……イッ、イッちゃいますっ……」

それが何度目の絶頂かは覚えていないが、イキたくてイキたくてたまらず、伊万里は腰をくねらせていた。股間まで上下に動かしていた。男たちはもう、力ずくで伊万里の両脚をひろげているわけではなかった。なのに浅ましくも、みずから股間を電マにこすりつけていたのである。

しかし、愛撫は唐突にとまり、オルガスムスが遠ざかっていった。一瞬、なにが起こったのか理解できなかった。伊万里は絶頂が欲しくてたまらず、そのことを恥じらう余裕すら失っていた。刺激をとりあげられても、両脚を開いたまま股間を上下させていた。剝《む》きだしの女性器から、涎《よだれ》じみた蜜を垂らして……。

その姿を、男たちは下卑た笑いを浮かべて眺めていた。オルガスムスの前兆が完全に遠ざかってしまうと、再び愛撫が始まった。すぐにはイケなかったが、イキそうになるまで時間はかからなかった。

だが、イケなかった。男たちがまた、愛撫を中断したからだった。そんなことを五回も六回も繰り返されると、伊万里は頭がおかしくなりそうになった。パニック寸前であわあわし、その様子を男たちにゲラゲラ笑われた。

「イッ、イカせてっ……イカせてくださいっ……」

志賀に言った。彼がその中でもリーダー格に思われたからだ。瞳いっぱいに涙を浮かべて、すがるような眼を向けた。

志賀はニヤニヤしているばかりで、愛撫を再開する音頭をとることはなかった。その気配すら見せなかった。テントの中はものすごい湿気で、伊万里は裸身を汗で濡れ光らせていた。雨音もすごかった。時折雷鳴が轟《とどろ》いても、そのときばかりは怖がることさえできなかった。

「イカせてください、イカせてください」と泣きながら全員に頭をさげた。土下座してまわったようなものだ。男たちは嘲笑を浮かべているばかりだった。

「そんなにイキたいなら、自分ですれば？」

志賀が言った。伊万里は呆然《ぼうぜん》とするしかなかった。

「それとも、俺たちの奴隷になるかい？　たっぷりサービスしてくれるっていうなら、イカせてやってもいいけど」

志賀は立ちあがり、ズボンとブリーフを脱いだ。他の三人もそれに倣う。伊万里の前に、四本のペニスが屹立《きつりつ》した。

ぶるっ、と伊万里の体に身震いが走った。自慰をするのは論外だった。そんなことをさせられるくらいなら、いっそ殺してほしかった。

ただ、電マでイカされるのも、自慰とたいして変わらないような気がしてきた。むしろ、ペニスを入れられたほうがマシではないかと思った。ひとりよがりの恥をかき、それを寄ってたかって嘲笑われるのではなく、いちおう一緒に気持ちよくなる相手がいるわけだから……。

いや、もっとはっきり、ペニスが欲しかったと言ってもいい。そそり勃《た》ったその姿を見ていると、体中が小刻みに震えだした。戦慄の震えではなく、欲情の震えだった。伊万里はそのとき正座していたのだが、じっとしていることが苦しくなり、太腿をこすり合わせずにはいられなかった。

「どうするんだよ？」

熱くなった頬を、志賀に叩かれた。手で叩かれたわけではない。勃起しきったペニスで叩かれた。

「……自分でするのは……嫌です」

絞りだすような声で言った。

「じゃあ奴隷か？」

上目遣いでうなずく。

「だったらはっきり言えよ」

「……奴隷に……してください」

「恥ずかしいオマンコ奴隷だろ」

「はっ、恥ずかしいっ……オッ、オマンコッ……オマンコ奴隷に……してください」

伊万里の中でなにかが壊れた。

「よし。じゃあ奴隷になった証《あかし》に、まずは順番にしゃぶってもらおうか」

目の前で屹立している肉の棒を、震える指で包んだ。湿っぽい感触が手のひらに吸いついてくる。表面は柔らかくても、全体的にはひどく硬い。

初めての中イキを与えてくれたペニスだった。だからといって、フェラチオすることに抵抗がなかったわけではない。

中イキを与えてくれたあと、志賀にはしたたかに裏切られた。いや、志賀はそもそも、裏切ることを前提に伊万里を抱いた。あのショックは忘れられない。初めての中イキで悦んでいた自分が、本当に馬鹿みたいだ。

しかも、百歩譲ってふたりきりならともかく、いまはギャラリーまでいる。テントの中にいる全員が、鼻息を荒げてこちらを見ている。

「しっ、失礼します……」

伊万里は震える睫毛《まつげ》を伏せ、ペニスの先端を口に含んだ。その独特のフォルムと漂ってくる男くさい匂いによって、伊万里は興奮した。そんなことがあるのかと、驚いてしまった。フェラチオは女が男に奉仕するものであり、奉仕する側が興奮するなんて……しかもこんな状況で……。

「それにしても、この子も可哀相《かわいそう》だねえ」

ギャラリーのひとりが言った。

「お友達の小春ちゃんはお姫さま扱いで、代表のテントでふたりでラブラブ。一方のこの子は、俺たちの慰みもの……」

「まあ、小春ちゃんは極上Sランクだしな。代表が言ってたけど、小春ちゃんのためにミスコンを新設するらしいぜ」

「こっちはいいところB＋だもんな」

「四人がかりで輪姦《まわ》される、性奴隷がお似合いか」

「ククッ、顔はイマイチだけどオマンコは極上だから期待してな。新入生のくせに、中イキしちゃうド淫乱だから」

最後に志賀が言い、男たちは声をあげて笑った。

伊万里はペニスをしゃぶりあげながら、いつの間にか涙を流していた。とにかく、恥ずかしくてしようがなかった。人前でペニスをしゃぶっていることも屈辱的だったが、それ以上に、自分という女は恥ずかしい存在なのだと思ってしまい、それがつらくて、悲しくて、煙のように消えてしまいたかった。

2

生クリームで汚れた指を、小春は舐めていた。生クリームには乳脂肪分が多いから、舐めても指はきれいにならない。

伊万里はウェットティッシュをバッグから出した。小春は礼も言わずに受けとって、脂で光っている指を拭った。

「ねえ……」

伊万里は眉根を寄せて小春を見つめた。

「学校はやめたくないならやめなくてもいいけど、〈グッド・ドリームス〉だけはやめたほうがいいと思う」

「そんなこと言うなら、伊万里ちゃんと友達やめる」

小春があまりにもあっさり言ったので、伊万里は絶句した。

「そっちのほうが簡単だもん。わたし、サークルにもいっぱい友達できたし、その子たちを裏切れないよ」

「裏切るわけじゃないでしょう？　ただやめるだけで……」

「それを裏切るって言うんですぅ」

「あんたさあ……」

伊万里は悲痛に顔を歪め、体ごと小春の方を向いた。

「あのサークルがどういうところなのか、知らないわけじゃないでしょう？　新歓コンパの二次会で、わたしたち、なにされた？　忘れたとは言わせないよ」

小春は言葉は返さず、顔をそむけた。さすがに唇を嚙みしめている。

そのとき、電話の着信音が鳴った。小春のスマホだった。小春は伊万里との会話から逃がれるように立ちあがり、電話に出た。

「うん……うん……」

うなずくたびに、小春は顔色を失っていった。話していたのは三十秒にも満たない短い時間だったが、電話を切ったときには完全に青ざめていた。

「……どうしたの？」

伊万里は訝《いぶか》しげに眉をひそめた。様子がおかしかった。手づかみでケーキを食べていた彼女はそもそも様子がおかしかったが、そういった方向ではなく、魂が抜けた幽霊のような顔で立ちすくんでいる。

「ねえっ！　どうしたのよっ！」

「じっ、神宮寺さんが……逮捕されたって……」

小春は宙の一点を見つめたまま、震える声で言った。伊万里の顔からも血の気が引いていく。

「いまの電話、サークル関係者？」

「先輩」

「どうして逮捕なんて……」

「ネットニュースに出てるから、見てみろって……」

伊万里は自分のスマホを取りだし、ネットニュースにアクセスした。神宮寺教一の名前で検索すると見つかった。

――名門大学のイベントサークルが集団レイプ。沖縄で逮捕。

記事によれば、神宮寺をはじめとした〈グッド・ドリームス〉のメンバーが、十人がかりでふたりの新入生を輪姦したらしい。場所が夜のビーチだったことから、地元の住人が警察に通報し、神宮寺たちは現行犯で逮捕された。

衝撃的なニュースだった。

レイプで逮捕ということは、これは刑事事件である。〈グッド・ドリームス〉を公認している大学はもちろん、関係各所はこれから大騒ぎになる。

その一方で、そういうことか、と伊万里は合点がいっていた。神宮寺が小春を沖縄に連れていかなかった理由がわかった気がした。

最初から輪姦旅行のつもりだったので、小春の存在が邪魔だったのだ。あの男は、小春の相手をしているより、集団レイプを選んだのだ。怒りを通り越して呆れてしまう。いったいどこまで人でなしなのか……。

だが……。

逆に言えばこの展開はよかったかもしれない。警察沙汰になった以上、〈グッド・ドリームス〉はそれなりの制裁を受けるだろう。普通に考えて公認は取り消され、解散を迫られる。余罪が明るみになることはあっても、存続なんてあり得ない。〈グッド。ドリームス〉はこれで終わりだ。

小春もネットニュースを見たようだが、その視線はもう、スマホに向いていなかった。虚ろな眼つきで、呆然と立ちつくしていた。なにかぶつぶつ言っているが、言葉は聞きとれなかった。

「……大丈夫？」

伊万里も立ちあがり、背中をさすってやる。薄い背中がひどく熱くなり、幼い子供のように震えていた。

「わっ、わたし、怖かったの……」

小春は上ずった声で言った。すがるように伊万里を見て、いまにも泣きだしそうな顔をする。

「みんなで寄ってたかってとか、そういうのが怖かった……俺の女になれば守ってやるって、神宮寺さんが言ったから……言ったからぁ……」

大きな眼にみるみる涙が溜まっていったので、

「もういいから……」

伊万里が抱きしめてやると、小春は泣きはじめた。少女のような手放しの号泣だった。あまりにもわんわん泣きじゃくるので、伊万里も泣いてしまった。しばらくの間、抱きあったままふたりで涙を流していた。

それでも、悪い気分ではなかった。

この涙は、魂を浄化する涙になってくれるはずだ——そう思ったからだ。泣きじゃくっている小春は、伊万里がよく知っている彼女だった。ようやく元に戻ってくれた。これで友達を続けられる……。

受けた傷は浅くないが、致命傷には至っていない。いま引き返せば、やり直すことができる。〈グッド・ドリームス〉が潰れてくれるなら、学校をやめる必要もない。涙がとまらなくても、希望に胸が熱くなっていく。

冬馬が帰ってきた。

伊万里と小春の様子を見て、仲直りしたことを察したようだった。伊万里と眼が合うと、ふっとクールな笑みを浮かべた。

「ごはん、食べていくでしょう？」

冬馬はキッチンに行って料理を始めた。伊万里は急に空腹感を覚えた。今夜のメニューはきっと、小春の大好物である辛くない麻婆豆腐だ。

すべてが終わったはずだった。

しかし、そうはならなかったのは、名門大学のサークルで起こったレイプ事件という、品性下劣な人々の好奇心を刺激しやすいスキャンダルだったせいだろう。

テレビ、新聞、雑誌――メディアによる報道合戦が始まった。顔にはモザイクがかかっていたが、「輪姦《りんかん》しているのは知っていた」とまことしやかに内情を暴露する元サークルメンバーが、ニュース番組のインタビューに登場した。

「代表の神宮寺はセックス中毒で、あいつにロックオンされたら、もう確実にやられますよ。女にはランクがついてて、Sだと自分の女にする。Aだと幹部の女、BやCだと輪姦《まわ》しの対象。なるべく自分の大学の女には手を出さないで、偏差値の低い女子大なんかの子を狙ってね。神宮寺は女が好きなんじゃなくて、セックスだけが好きという……それも、女の尊厳を踏みにじるのが大好きなんだよ。Sランクの女だって、最初こそチヤホヤされるけど、飽きたらやっぱり輪姦される。ある日いきなり、天国から地獄に真っ逆さま。十人がかりとかで犯されて、彼氏だと思っていたはずの神宮寺が、それをニヤニヤ笑いながら見てるんだから、女にとっては生き地獄だよね。まあ、たいていはメンタルを病む。神宮寺ってのは女を病ませて喜んでいる、マジもんの鬼畜なわけ……」

伊万里はゾッとした。このインタビューを、小春が見ていなければいいと思った。神宮寺の逮捕がもう少し遅ければ、次に天国から地獄へ堕《お》とされるのは、小春だったはずだから……。

その後も関係者の暴露や証言は次々と報道され、性的犯罪の被害に遭った女の数は、合計すると二百人とも、三百人とも言われるようになった。

世間は非難囂々《ひなんごうごう》だった。ワイドショーのMCを務める良識派のタレントが顔を真っ赤にして〈グッド・ドリームス〉を糾弾し、街頭インタビューでは買物途中の中高年女性が口を尖らせて罵倒した。

その一方、正義を履き違えた不良たちが、「レイプサークル狩り」と称して、繁華街で襲撃事件を起こすようになった。〈グッド・ドリームス〉の関係者が拉致され、むごたらしい暴行を受けた。重傷者が何人も出たので、それはそれで社会問題になりつつあった。

「理由はどうあれ、暴力はいけません」と報道している女子アナも、〈グッド・ドリームス〉だけは許さないというスタンスだった。集団レイプをするような男はリンチに遭ってもしかたがない――そんな心の声が聞こえてくるようだった。

ただ、レイプ被害者の中に刑事告訴をした人間はひとりもいなかった。伊万里も被害者なわけだが、告訴する気にはなれなかった。嫌なことは忘れてしまったほうがいいと考える性分だし、実際に思いだしたくもないことばかりだったから、裁判なんてとんでもない話だった。

そうするしかなかったし、それでよかったのだろう。

神宮寺の逮捕からひと月も経つと、伊万里の生活はすっかり元に戻った。学校には毎日行くようになったし、苦手な授業さえひどく貴重なものに感じられた。色恋沙汰からはしばらく離れて、学生時代をもっと大切に生きようと思った。

ただ、残念ながら、小春の姿をキャンパスで見かけることはなかった。〈グッド・ドリームス〉の正体が世間に知れ渡ったことで、当該サークルのチケットを売りさばいていた小春にも、白い眼が向けられるようになったからである。

当初、小春はかなり落ちこんでいた。「わたし、学校行きたいのに……」と小さく言っていた横顔が忘れられない。

しかし、最近ではようやく立ち直りの兆しが見えてきて、数日前、彼女の家に寄ったとき、はずんだ声でこう言われた。

「ねえねえ、聞いて聞いて。わたし、モデル事務所にスカウトされちゃった」

なんでも、アルバイトの面接で青山に行った際、声をかけられたという。面接に行ったカフェの隣が、モデル事務所のオフィスが入ったビルだったらしい。

名刺に印刷された社名をネットで調べてみると、有名モデルを何人も抱えている大手だった。あやしい話ではない、と小春は胸を張って言った。

「やめたほうがいいよ。姉ちゃん、芸能界みたいなところ向いてないって」

冬馬が横から口を挟んだ。伊万里もその通りだと思った。

だが、学校に居場所をなくしてしまい、心に傷を抱えたまま冴《さ》えない毎日を送っているよりも、新しい世界に飛びこんでみるのもいいのかもしれない、と思い直した。危なっかしい性格はともかく、見た目だけなら小春はモデルに向いている。人前に立って美しさを誇るために生まれてきたような、抜群の容姿の持ち主なのだ。

「わたしは賛成する」

伊万里が言うと、冬馬はやれやれと溜息をついた。

「事務所が大手のしっかりしたところなら、挑戦してみるのは悪いことではないと思うよ」

「だよねー、だよねー」

小春は満面の笑みを浮かべ、伊万里の腕にしがみついてきた。

「伊万里ちゃんなら、わかってくれると思ったよ。伊万里ちゃん、大好き。冬馬は嫌い。あっち行け」

丸めたティッシュを投げられた冬馬が、ふて腐れた顔でキッチンに逃げていくと、伊万里と小春は眼を見合わせて笑った。

小春がモデルとして成功するかどうかはわからない。彼女がどれだけ美しくても、上には上がいるのが世の常だ。

それでも、小春が笑顔を取り戻してくれるなら、それだけで価値のある挑戦のような気がした。いまの小春に必要なのは、新しい環境、新しい生き方、新しい目標なのである。

3

久しぶりに三人でお酒を飲んだ。

伊万里と小春が酔ってキャッキャとはしゃいでいるのを、冬馬が見守る懐かしい光景が蘇《よみがえ》った。いつになくお酒がおいしかった。この掛け替えのない時間を〈グッド・ドリームス〉に奪われていたと思うと、いくら憎んでも憎み足りなかった。

小春のスマホが鳴った。LINEの着信音のようだった。

「サークル関係の人だったら、見ないほうがいいよ」

伊万里は声を尖らせた。伊万里のところにも、いまだに志賀をはじめとした関係者から頻繁にLINEが来る。もう関わりになりたくないので、絶対に見ない。

小春は見たようだった。ということは、サークル関係者ではないのか……。

「……嘘でしょ」

小春は呆然とした表情でスマホを床に落とすと、わっと声をあげて両手で顔を覆い、火がついたように泣きはじめた。

伊万里にはなにが起こったのかわからなかった。とにかく小春の泣き方が尋常ではなかった。まるで手に負えない赤ん坊のような泣き方で、側にいると鼓膜が震えるほどだった。

冬馬と眼を見合わせた。姉思いのやさしい彼も、金縛りに遭ったように動けないでいる。

伊万里は恐るおそる、小春が落としたスマホに手を伸ばした。画像が映っていた。

伊万里と小春が、全裸で両脚を開き、笑顔でピースサインをしている……。

——全世界に流出中だよ。

ＬＩＮＥの送信者は知らない名前だったが、そんな一文が添えられていた。

「冬馬……」

声も体も震わせて、伊万里は言った。

「悪いけど、しばらく自分の部屋にいて」

「……いいけど」

「あと……小春がどうして泣いているのか、絶対に詮索しないで。いい？　できる？」

「……ああ」

冬馬は納得していない顔をしていたが、事の深刻さは伝わったようだった。立ちあがって自分の部屋に閉じこもってくれた。

伊万里は乱れる鼓動と嫌な汗に翻弄されながら、自分のスマホでネットの闇サイトにアクセスした。どこに地雷が埋まっているかわからないその手のサイトは苦手だが、好奇心に負けて、何度か見たことがある。

レイプサークル、輪姦、〈グッド・ドリームス〉――そんなワードで検索していると、そのうち自分たちの写真が見つかった。絶望に目の前が暗くなった。一枚見つかれば、それでもうアウトなのがネットの世界だった。コピー、コピー、であっという間に世界の果てまで行き渡ってしまう。

とくに小春は美人だから、男たちがこぞって画像を漁《あさ》るに違いない。モデル事務所にスカウトされるような十九歳の美しい女子大生が、モザイクもなしに性器をさらしているのだ。

――俺たちゃレイプサークルじゃない。みんなで楽しく乱交してただけだよ～ん。

オリジナルの投稿には、そんな文章を添えられているようだった。

つまりこれは、〈グッド・ドリームス〉の世間に対する言い訳なのだ。ふざけるのもいい加減にしろと思った。伊万里も小春も、楽しくて笑っていたわけではない。笑顔でピースサインをしないと帰らせてくれない雰囲気だったので、しかたなくやったのだ。小春の内腿を見ればいい。うっすらとではあるが、破瓜の鮮血がついている。

あの日――。

志賀に抱かれたあと、伊万里は裸のままリビングに連れていかれた。そのこと自体が泣きたくなるほど恥ずかしかったけれど、生まれて初めて経験した中イキのせいで、頭がぼうっとしていた。お酒にもひどく酔っていたから、まともな判断なんてできなかった。

伊万里が夢中でセックスしている間に、小春は処女を奪われていた。奪ったのは神宮寺だった。酔わせて無理やり奪ったに決まっているのに、全裸のまま誇らしげにソファでふんぞり返っていた。

リビングには他にも、西村栄美や名前の知らない男がふたりいた。全員、性器をさらしていた。セックスを終えたあとのようで、気怠《けだる》げな表情で床に座っていた。

「この子、しばらく俺専用にするから」

神宮寺が足元で胎児のように体を丸めている小春を指差して言った。

「マジで？　俺楽しみにしてたのに……」

志賀が苦笑する。

「驚いたことに処女だったんだよ。だから、ちょっといい思いさせてやらないとね」

「ま、いいけど……」

志賀は鼻白んだ顔で言うと、しゃがみこんでいた伊万里の双肩を後ろから両手でつかんで立ちあがらせた。

「この子もけっこう抱き心地いいぜ。友達は処女だってのに、こっちは中イキまでしたからな」

「へぇえ……」

名前を知らないふたりの男が、立ちあがって近づいてきた。獣の匂いが鼻につき、

「いやっ……」

伊万里は両手で胸を隠してもう一度その場にしゃがみこんだ。恥ずかしいというより、威圧感に震えあがっていた。

志賀に後ろから両手をつかまれ、立ちあがらされた。志賀は背が高いから、両手を高く持ちあげられると、鉄棒にぶらさがっているように体が伸びて、乳房も恥毛も隠すことができなくなった。腋窩《えきか》まですべてさらけだした格好だ。

「見ないでっ！　見ないでっ！」

涙声で哀願しても、男たちは伊万里の裸身をむさぼり眺めるのをやめなかった。値踏みするような眼つきで……。

「顔は七十点だけど、スタイルは九十五点あげてもいいな。細いのにおっぱいが大きくて、エロい体をしてる」

「脚も長いじゃないか。腰が高くてカッコいいねえ」

「楽しくやろうぜ」

正面から近づいてきた男が、両手で双頰《そうきょう》を挟み、キスをしてきた。舌を差しだしてきたが、伊万里は唇を引き結んだ。虚《むな》しい抵抗だった。

相手が屈強な男三人では、どうにもならなかった。気がつけば四つん這いにさせられ、口唇に勃起したペニスをねじりこまれていた。後ろからも誰かが入ってきて、激しく突きあげられた。

口を塞がれているのでうまく呼吸ができず、苦しくてしかたなかった。一秒ごとに意識が朦朧《もうろう》としていき、いっそこのまま失神してしまいたいと思った。

しかし、中イキによって覚醒してしまった体はやがて、快楽に翻弄されはじめた。苦しければ苦しいほど、快楽だけが救いのように思われ、それにすがりつかずにはいられなかった。

いつの間にか、西村栄美が隣で四つん這いになっていた。後ろから突きあげているのは志賀だった。グラマーな西村栄美の丸々とした尻を、パチンッ、パチンッ、と手のひらで叩きながら、馬でも調教するようにピストン運動を送りこんでいく。西村栄美が大きな乳房を揺らしてあえぐ。同性から見ても淫らとしか言い様のない激しい乱れ方で、絶頂に駆けあがっていく。

「そらっ！　おまえもイケよっ！」

伊万里も尻をパチンッと叩かれた。屈辱を覚えても、ペニスで口を塞がれているので、悲鳴をあげることさえできない。

パチンッ、パチンッ、と尻を叩かれるたびに、体が熱くなっていった。叩かれている尻の表面だけではなく、衝撃が下半身の奥にまで響いてきて、全身を燃え狂わせていく。

「……ぅんあっ!」

唐突に口唇からペニスが抜かれ、次の瞬間、煮えたぎるような白濁液が、顔にかけられた。瞼から鼻にかけて、熱い白濁液が粘っていた。あり得ない屈辱だったが、伊万里の口から放たれたのは、抗議の言葉でも罵倒の台詞でもなかった。

「イッ、イクッ! イクイクイクッ……はっ、はぁあああーっ!」

ガクンッ、ガクンッ、と腰が跳ね、続いて体中がぶるぶると痙攣して、自分で自分の体をコントロールできなくなった。後ろから入ってきている男は、ピストン運動をやめようとしなかった。苦しくて苦しくてしかたがないのに、体は次の絶頂を貪欲に求めていた。

「おまえもすぐ、あんなふうにイキまくれるようになるからな……」

神宮寺が小春を連れてきた。

「女の体はそうできてる。男より女のほうが、本当はずっとスケベなんだぜ……」

神宮寺にうながされ、小春が隣で四つん這いになった。伊万里は彼女の顔を見られなかった。小春だってそうだったろう。

「いくぞ……」

神宮寺に後ろから入れられたらしく、

「あああああーっ！」

小春は悲鳴をあげた。色香など微塵《みじん》も漂ってこない、ただひたすらに哀切だけを感じる悲鳴だった。

乱交パーティは朝まで続いた。

小春は神宮寺にしか抱かれなかったが、伊万里はその部屋にいた四人――神宮寺を含めた全員に犯された。そのときから、容姿ランクによる扱いの違いは始まっていた。

乱暴なことはされなかったし、男たちはみなセックスがうまかったが、そんなことはなんの救いにもならなかった。数えきれないくらいイカされて、ぐったりしていた。恥ずかしさと後悔と居心地の悪さで、心は千々に乱れていた。

そんな中、写真を撮られたのだ。

「みんなで仲よく楽しんだ記念だよ。楽しかっただろ？」

見え透いた嘘をつくな、と思った。レイプではなかったという証拠が欲しかっただけに決まっている、とその段階でもわかっていたが、一刻も早くその場から離れたかったので応じるしかなかった。

伊万里と小春を中心に、その場にいた全員が全裸のまま、笑顔にピースサインで写真に納まった。本当に頭にくるが、ネットに流出した画像では、伊万里と小春以外の顔には、モザイク処理がほどこされていた。

4

地獄の日々が始まった。

「おまえはいったい、東京でなにをやってるんだっ！」

電話で父に怒鳴られた。母は泣いていた。ふたりとも公立中学の教師だった。一生、顔向けができなくなってしまった。

純聖女子大からも事情を説明してほしいという連絡が入った。体調が悪いからすぐには無理だと言ったけれど、いずれたっぷりと油を絞られることになるだろう。事情説明するだけでも大変なストレスに違いなく、考えただけでたまらなく憂鬱だった。

地元の友達などからもひっきりなしに電話がかかってきたが、無視するしかなかった。そのうちすべてが面倒になって、誰からの電話にも出なくなった。

あの画像を見られているかもしれないと思うと、部屋に食材がなくなっても買物に出ることができなかった。水道水だけで数日を過ごした。食欲なんてまったくなかったし、餓死してしまうのなら、それはそれでよかった。

深夜零時近くにインターフォンが鳴ったのは、写真がネットに流出してから四日後か五日後のことだった。

小春かもしれないとドアスコープをのぞいたが、なにも見えなかった。レンズを指で押さえられているようだった。背中に戦慄が這いあがっていった。

「……誰？」

ドア越しに小さく声をかけた。

「俺だよ……志賀……」

伊万里の顔はこわばった。

「話があるから、開けてくれないか？」

いまさらなんの話があるのかと思ったが、聞き逃してはまずい情報をもっているかもしれない。しかたなく、ドアチェーンをした状態でドアを開けた。

志賀は青ざめた顔をしていた。大柄な体躯《たいく》さえ、ひとまわり縮んでしまったような感じだった。

「悪いことをしたと思ってる……」

声まで震わせて謝ってきた。

「ちょっと調子に乗りすぎていたというか、反省している……本当だよ」

「そんなこと言いに来たんですか？」

伊万里はしらけた顔で言った。

志賀は気まずげに眼を泳がせると、

「警察が動いているんだ……」

苦りきった顔で言った。

「俺が輪姦しに参加したので、いちばんやばい案件はキミなんだ。だから、キミさえ黙っててくれれば……」

志賀がこんなにも青ざめているのは、ただそれだけの理由ではないはずだった。

伊万里に対して、嫌がらせのLINEをよく送ってきていたからだ。

女をいたぶるのが心底好きな男のようで、テントの中での行為中に撮られた写真が添付されていることもあった。こちらを辱めているつもりでも、いまとなってはレイプの動かぬ証拠である。

志賀はボディバッグから分厚い茶封筒を出すと、ドアの隙間に差しこんできた。

封筒の中には、一万円札がびっしりとつまっていた。

「サークルのイベントで儲《もう》けた金……二百万以上あるはずだ。たとえ裁判を起こしても、弁護士費用もかかるし、それ以上の金をとれるとは思えない……これがお互いのためなんだ……キミだって裁判なんかやって恥をかきたくないだろう？」

「どうかしら……」

伊万里は札の入った封筒をドアの隙間から外に落とした。軽蔑のまなざしを志賀に向けた。この男は、どこまで人を馬鹿にすれば気がすむのだろう。

「本気で反省しているなら、警察に自首すればいいじゃないの」

「就職が決まってるんだよっ！」

声こそ抑えていたが、志賀は顔を真っ赤にして訴えてきた。

「いま警察に逮捕されたりしたら、俺の人生はメチャクチャになる。なあ、頼むっ！　助けてくれ……」

伊万里はドアを閉めて鍵をかけた。志賀はしつこくインターフォンを押してきたが、二度と出なかった。昂《たかぶ》った気持ちを鎮めるために冷蔵庫を開け、ミルクティーのペットボトルを取った。手指が震えすぎて、キャップを開けることができなかった。苛立つあまり、床に投げつけた。ドンッ、と鈍い音がたった。

人生がメチャクチャになる？

こちらの人生はとっくにそうなってしまっている。性器をさらしている画像が、世界中にバラ撒かれてしまったのだ。笑顔とピースサインのおまけつきで……。

就職するにしろ結婚するにしろ、その時々にあのデジタルタトゥーが顔を出し、未来を暗黒の方向にねじ曲げてくれるだろう。

画像を見た人は思うに違いない。この女は好きで乱交パーティに参加し、それを楽しんでいるビッチである、と。

もちろん、事実はそうではない。酔わされて、騙されて、集団レイプの被害に遭った。

志賀をはじめ、その場にいた男たちは言うだろう。「でもイッたじゃないか」「気持ちよかったんだろう?」。そうかもしれないが、イキたくてイッたわけではない。伊万里が求めていたのは恋愛の一環としてのセックスであり、恥知らずな複数プレイではない。

インターフォンがまだ鳴っているので、頭から布団を被った。歯を食いしばっても、涙をこらえることができなかった。

泣きやんでもまだインターフォンが鳴っていたら、警察に電話しようと思った。ストーカーみたいな人がインターフォンを鳴らして困っています――そこまではできそうだったが、これ以上傷つきたくないので、レイプ被害についてはなにもしゃべることができないだろう。それを思うと悔しくてたまらず、あとからあとから涙があふれてきた。

第四章　他人の顔

1

鏡を見るたびに強い違和感がある。

いつまで経っても慣れることはない。そこに映っているのは自分であって、自分ではなかった。そのことが底知れぬ不安とともに、なんとも言えない安堵をもたらす。

伊万里が鏡に向かって化粧を直していると、

「なにやっとーったい？」

財津《ざいつ》史男《ふみお》がパウダールームに入ってきた。

「こっちはもう、辛抱たまらんくなっとうよ。あんまし焦《じ》らすもんやなか」

財津は福岡では名の知れた建設会社の経営者だ。代々続く家業の四代目だか五代目で、羽振りは悪くない。いや、伊万里の客の中でもかなりいいほうだ。店に来るたびに十万単位の金を落としてくれるし、こうして体を差しだす報酬として、月に百万円のお手当を貰《もら》っている。

博多でも指折りの外資系高級ホテル、しかもセミスイートのパウダールームなので、スペースも広ければ鏡も大きい。インテリアもライティングも凝りに凝っていて、生活感は皆無。ハリウッド映画のワンシーンにまぎれこんでしまったようなゴージャスな雰囲気の中、財津が後ろからそっと双肩に触れてくる。伊万里は湯上がりの体にバスタオルを巻いているだけだから、素肌が剝きだしだ。

「ほんなこつ吸いつくごたー肌ばい。わしも女遊びはさんざんしてきとーが、おまえさんほどよかおなごば初めてやけん」

日焼けした分厚い手が、肩から二の腕にすべり落ちてくる。手のひらで素肌の感触を味わうように撫でさすられ、胸でとめているバスタオルをはずされそうになった。

「新しいランジェリー、用意してあるんですよ」

伊万里は鏡越しに媚《こ》びた視線を送った。

「フランス製のとびきりエッチなやつ。着けなくてもいいの？」

「よかよ、そげなこと」

財津はバスタオルを床に落とした。鏡に伊万里の裸が映った。顔はずいぶんといじっているが、首から下は生来のものだ。スレンダーなモデル体形なのに、乳房は丸々と実って、ウエストはしなやかな柳腰。陰毛がないせいもあり、裸身が清潔に輝いている。

最初にＶＩＯを処理したときは、自分の姿にショックを受けた。鏡の前に立つと、こんもりと盛りあがった白い恥丘の下に、アーモンドピンクの花びらがはみ出していたからだ。それでもエステサロンで手入れを欠かさない。邪魔な毛がないほうが、セックスが気持ちいいからだ。

「あっ……んっ……」

ふたつの胸のふくらみを、後ろからすくいあげられた。やわやわと揉まれ、乳首をつままれると、伊万里は身をくねらせた。卑猥《ひわい》な笑みを浮かべる財津の顔が、鏡越しに見えている。お世辞にもいい男だとは言えない。太りすぎて顎と首の境界がわからないし、バスローブを着ていても堂々たる太鼓腹を隠せない。

だが、お金を使わないと女をものにできないことを自覚しているところは憎めなかった。異常な女好きだから、セックスだって下手《へた》ではない。愛人契約の相手としては上等な部類に入るだろう。

財津は左右の乳首をひとしきりもてあそぶと、伊万里の両手を人工大理石の洗面台につかせた。尻を突きだす格好にされ、後ろにしゃがみこむ。尻の双丘を両手でつかみ、ぐいっと割りひろげてくる。

「よか匂いやね」

鼻を鳴らして陰部の匂いを嗅ぎまわしながら、財津は舌を差しだしてきた。後ろから舐めるのが好きな男だった。クリトリスや花びらだけではなく、お尻の穴まで念入りに味わうことができるからだそうだ。

〈グッド・ドリームス〉に未来を踏みにじられてから、六年が経った。

伊万里は二十五歳になっていた。

全裸で両脚を開いている画像をネットに流出させられた伊万里は、この世に居場所を失った。一日中、陽当たりの悪いアパートの一室に閉じこもって誰にも会わなかった。それでも、生きていれば腹が減る。餓死してもいいと諦観まみれの薄笑いを浮かべていても、そう簡単に人間は死ねない。

近所のコンビニに買い物に出かけるだけで、すれ違う人たちにじろじろ見られ、遠巻きに噂話《うわさばなし》をされている気がした。

実際にはそうではなかったかもしれない。外出するときは、帽子と伊達メガネとマスクで顔を隠していたし、近所に顔見知りなんてほとんどいない。そもそも都会の人はそれほど他人に関心をもっていないだろうに、こちらに向けられる視線やひそひそ話が煩わしくてしかたがなく、路上で何度も叫び声をあげてしまいそうになった。

〈グッド・ドリームス〉事件に対するメディアによる過熱報道は、うんざりするほど執拗《しつよう》に続いた。最初こそ輪姦するなんて鬼畜の所業という論調だったものの、次第に輪姦された女のほうにも落ち度があったのではないか、という意見が出てくるようになった。

伊万里と小春が全裸で両脚を開きながら、笑顔でピースサインをしている画像が世間に出まわったことがきっかけだった。〈グッド・ドリームス〉の関係者を名乗る人間が、「あれはレイプではなく乱交パーティ。女の子たちも楽しんでいた」と悪びれもせずに証言した。

「こう言っちゃ申し訳ないけど、そういうのに参加するのは、名前が書ければ入学できるFラン女子大の子たちですからね。うちみたいな名のある大学の男子に憧れてて、簡単に股を開くんですよ」

深く傷つき、心を病む寸前だった伊万里にトドメを刺すように、父親から「実家に帰ってこい」という命令がくだった。

「週末にお母さんと一緒に上京するから、荷物をまとめておきなさい。引っ越しの手配はしなくていい。そういうことはこっちでするから……」

留守番電話のメッセージを聞いた伊万里は、顔から血の気が引いていった。隣人の顔もよく知らない都会でさえ、視線や噂話に怯えながら暮らしているのに、閉鎖的な田舎町に引き戻されて正気を保っていられる自信はなかった。

小中高の級友をはじめ、自分を知っている人間――とくに男子の多くは、あの恥ずかしい画像を眼にしていることだろう。そこらじゅうの人に、性器を見られているのである。親戚縁者は顔を合わせれば説教してくるだろうし、同情するふりをして好奇心を満たそうと近づいてくる品性下劣な人間だって後を絶たないに違いない。

逃げよう……。

伊万里は反射的に、貴重品を入れてある引き出しを開けた。預金通帳や印鑑と一緒に、紺色のパスポートが入っていた。高校の修学旅行でオーストラリアに行ったので、伊万里はそれをもっていた。恥ずかしい写真は全世界に拡散されているが、さすがに海外まで行けば、好奇の視線から逃れられるだろうと思った。

問題は、どこに逃げるかだった。そして、どこに逃げるにしろお金が必要になる。いずれは働くにしろ、しばらくは心と体を休めたい。子供のころからお年玉を貯めていたので、通帳には三十万円を超える残高が記されていた。なんとかなるだろうか？　物価の安い国で安いゲストハウスなどを利用すれば、二、三ヵ月は仕事をしないで暮らせるか？

スマホで海外移住についてを調べていると、東南アジアを長期旅行している若い女のブログ日記が眼にとまった。最初のほうこそ滞在しているゲストハウスやご当地グルメを紹介するお気楽な内容だったが、やがて現地の男と恋に落ち、その男に全財産を巻きあげられ、助けを求めた相手がまた輪をかけて悪い男で、売春婦へと転落していく様子が生々しく綴《つづ》られていた。伊万里は読みながら、気がつけば涙を流していた。

それでも、実家に連れ戻されるのだけはどうしても嫌で、そうされないためには、強くならなければならなかった。泣きながら、スマホで検索を続けた。当時流行《はや》りはじめていたＬＣＣのおかげで、飛行機代は安くすませることができそうだった。タイやヴェトナムなら、数百円で泊まれるゲストハウスもある。劣悪な環境が予想されるが、予算的になんとかなりそうだ……。

少しだけ未来に希望が見えてくると、急に空腹感を覚えた。食べ物の買い置きはすでに尽きていた。体を壊しては元も子もないと思い、コンビニに買い物に行くことにした。

深夜の二時過ぎだった。伊万里の住むマンションの周辺は街灯が少なかった。真っ暗闇で静まり返った住宅街の景色が、これほど心を穏やかにしてくれたのは初めてだった。

サンドウィッチやプリンを買って戻ってくると、マンションの一階にある郵便ポストが眼にとまった。伊万里の部屋のポストだけ、広告チラシの類いが口からはみ出し、無残なことになっていた。

ダイヤルを合わせて鍵を開けた瞬間、中につまっていたものが雪崩《なだれ》を打って床に散乱した。九割方が勝手にポストに放りこまれるチラシだった。あとは電気代やガス代の請求書。それらに交じって、見覚えのある分厚い茶封筒が見えた。

伊万里はそれを拾いあげた。ずっしりと重かった。いちおう中をのぞくと、一万円札がびっしり……。

志賀が口止め料に持ってきたものだった。伊万里は受けとらなかった。人を馬鹿にするのもいい加減にしろと突き返した。口止め料なんて貰わなくても、〈グッド・ドリームス〉になにをされたのか、しゃべるつもりはなかった。いや、しゃべれなかった。泣き寝入りするのは悔しかったが、自分の傷に自分で塩をすりこむような真似《まね》はできないから、口をつぐむしかなかったのだ。

伊万里はポスト前の床に散乱しているチラシをゴミ箱に捨て、茶封筒を持って部屋に戻った。一万円札を数えると、全部で二百五十二枚あった。十八歳の女子大生にとっては見たこともない大金だったが、これが未来を台無しにされた代償かと思うと、怒りに体が震えだした。あのデジタルタトゥーがある限り、伊万里はまともな就職も、まともな結婚もできないだろう。

とはいえ、志賀が残していった口止め料に、自分の貯金も合わせれば、三百万円近くになる。それだけあればなにができるのか……。

伊万里は震える手でスマホをつかんだ。検索ボックスに入力したのは、「韓国美容整形 相場」だった。

2

財津が後ろから入ってきた。洗面台の鏡の前で立ちバックだ。ゆうに十分以上舐めまわされていた伊万里の花は充分に潤み、内腿に蜜が垂れてくるほどだったから、結合はスムーズだった。

「どげんね？ 具合よかか？」

財津が腰をまわしながら下卑た笑いを浮かべ、

「いつもより……硬いかも」

伊万里は鏡越しに答えた。

「ドーピングしよるけんね。よう効くと評判のやつが、手に入りよった」

財津は満足そうにうなずくと、伊万里の腰をつかんでピストン運動を開始した。まずはゆっくりと、肉と肉とを馴染《なじ》ませるように、ペニスを出し入れさせる。

「あああっ……」

伊万里は眉根を寄せ、声をもらした。どんな精力剤を服用しているのか知らないが、財津のペニスがいつもより硬いことは確かだった。スローピッチの出し入れを何度か繰り返されただけで、鏡に映った伊万里の瞳はねっとりと潤み、眼の下がピンク色に染まっていった。

その顔は、自分であって自分ではなかった。人並みはずれた面食いを自称する財津を夢中にさせるほど、美しい女がそこに映っていた。

六年前、「死んだりしないので、捜さないでください」という両親宛の書き置きを部屋に残して、伊万里は単身、韓国に渡った。眼と鼻を手始めに、自分の顔をこの世から消し去っていった。

審美歯科にもかかったから、理想の顔が手に入るまで、時間にして三年弱、金額にして五百万円近くかかった。韓国への渡航回数は二十回を超え、いまでは韓国語で日常会話くらいは交わせるほどだ。

そうまでして手に入れた顔は、小春によく似ていた。

わざとではない。小春の写真を医師に見せ、「この顔にしてください」と伝えたわけではない。

美容整形はいっぺんにはできないから、どういう眼にしたいのか、どういう鼻にしたいのか、その都度、医師のカウンセリングを受ける。結果的に小春にどんどん近づいてしまったのは、伊万里にとって理想の顔が小春の顔だったからだろう。

日本での拠点は九州の福岡にした。知りあいがひとりもいない土地だったし、韓国へのアクセスもよかったからだ。

博多のウィークリーマンションを転々としながら、中洲《なかす》のソープランドで働きはじめた。個室が二十畳近くあり、ベッドも天蓋《てんがい》付きのキングサイズならジャクジーバスまである、中洲でも屈指の高級店である。

体を売ることに抵抗がなかったわけではない。

ただ、生きるためにはお金が必要だし、身元のあやしい自分がてっとり早く稼ぐ方法は限られていた。誰にも頼れない境遇になってしまった以上、自分を守ってくれるのはお金だけだった。

いや……。

本当のところ、伊万里はお金のためだけに体を売りはじめたわけではなかった。心身に負担をかけずに稼ぐのなら、フルスペックの性行為があるソープランドで働かなくてもよかったはずだ。同じ風俗でも、もっとソフトなサービスのところだってあるし、水商売という選択肢だってある。

伊万里はふたつの理由で、セックスを生業《なりわい》にすることに決めた。

ひとつは自分を罰するためだ。

神宮寺教一率いる〈グッド・ドリームス〉というサークルが、右も左もわからない新入生女子を喰《く》いものにする、鬼畜の集団であることは疑いを入れない。

しかし、自分にまったく落ち度がなかったのかと問われたら、胸を張ってうなずくことはできなかった。わけのわからない評論家だの有識者だのに「男についていく女も悪い」と言われたら反発するが、自分で自分は偽れない。

あのころ、伊万里は発情していた。女子大生という肩書きを手に入れ、東京でひとり暮らしを始めたことに浮かれていたし、素敵な恋人をつくってセックスがしたくてしようがなかった。

それはもちろん、輪姦のごときプライドを踏みにじられるようなものではなく、もっと甘い匂いのする愛の確認作業をイメージしてのことだったが、発情していたことに変わりはない。

そんなにセックスがしたいなら、セックスでお金を稼げばいいではないか、と思った。自暴自棄になっていたことは否めない。どうせ汚れてしまったのだから、徹底的に汚れてしまえ、という気分がどこかにあった。

博多に知りあいなんて住んでいないし、そもそも顔まで変わっている。誰かに見つかる心配はないから、汚れるだけ汚れてしまえばいい……。

もうひとつの理由は、顔が変わったことに深い関係があった。

自分の顔がこの世から消えていくことに、伊万里はひどい不安を覚えた。綺麗な女に生まれ変われると、安易に胸を躍らせていることはできなかった。

消えてしまった自分の顔は、いったいどこに行くのだろう？　自分の顔が美しくなっていく裏側には、自分自身が消えてなくなる恐怖がぴったりと貼りついていた。自分という存在から、顔を引き、肩書きを引き、人間関係を引き、生まれ故郷を引いた場合、いったいなにが残るのか？

すべてを失ってなお、自分の核になるもの――セックスしか思いつかなかった。

〈グッド・ドリームス〉が伊万里に与えたのは、屈辱だけではなかった。志賀に抱かれて初めての中イキ。さらに、四人がかりで輪姦されても、伊万里は失神寸前まで絶頂しつづけたのである。

あれほど深い自己嫌悪に陥ったことはない。陽当たりの悪いアパートの部屋に引きこもりながら、何度となく自死を考えた。輪姦されてイキまくるなんて単なる淫乱、獣の牝《めす》みたいなものではないか。そんな女に、生きている価値なんてあるのだろうかと……。

だが、伊万里はあのとき、喉から手が出そうなほどイキたかったのだ。

意志とは裏腹に、体はそれを求めてやまず、最終的には欲望に意志までねじ曲げられた。レイパーたちに、おねだりの言葉まで口にする醜態をさらした。思いだすだけで、爪を立てて頭を掻き毟《むし》りたくなる。

しかし、いくら苦しくても、涙がとまらないほどつらくても、自己嫌悪に苛《さいな》まれて自死を遂げたくないのなら、受け入れるしかなかった。死にたくなければ、淫乱であり、獣の牝である自分を、自分で肯定するしかない。

セックスが好きであることを認めるのだ。喉から手が出そうなほど欲しかったのだから、それはそれで、ひとつの生きている証なのかもしれないではないか？

『彼女、真面目な顔して体はすげえいいぜ。ド淫乱だから、打ち甲斐がある』

志賀に言われた台詞だった。吐き気がしそうな暴言だが、伊万里はその言葉にすがりついた。この体がセックスにおいては価値があると言うのなら、その事実を受け入れ、武器にして生きていけばいいのではないか？

容姿において、伊万里は小春にとても敵わない。だが、顔は完敗でも、スタイルは自分のほうがいいと思う。細い小春はどんな服でも着こなせるけれど、胸は平べったい。悪く言うとガリガリなので、裸になるとセクシーでもなんでもない。

その点、伊万里は丸くて形のいい乳房をしているし、腰の位置が高くて脚が長い。小春とは逆に、裸になったほうが女らしいのである。

「ああっ、いやっ……いやあああっ……」

鏡の前の立ちバックで、伊万里は本格的に乱れはじめた。後ろから腰をつかんでいる財津は、顔を真っ赤にしてむさぼるように突きあげてくる。パンパンッ、パンパンッ、とお尻が打ち鳴らされる。いきり勃ったペニスで肉穴を深くえぐられ、したたかに掻き混ぜられる。

「ああっ、硬いっ……すごいっ……」

乱れる伊万里の髪は、ミルクティーカラーだった。そこまで小春を真似なくても、と自分でも思うが、小春の顔にはやはりその髪色が似合うのだ。

といっても、所詮は美容整形で直した顔だった。小春の顔によく似ていても、瓜《うり》ふたつというわけではない。造形をなぞったところで、醸しだされる雰囲気がまるで違う。

伊万里の記憶に強く残っているのは、十八歳の小春だった。美しさと可憐さ、そしてなんとも言えない儚げな感じが同居している桜の花の化身、まるで天使のような女の子だった。

二十五歳の伊万里には、可憐さも儚げな感じもない。セックスを生業にしている女特有の、濃密な色香があるだけだ。言ってみれば堕天使《だてんし》のようなものであり、色と欲とがせめぎあう夜の街だけで光り輝く。

造形は似たようなものなのに、まるで別人だと思っているのは、おそらく伊万里ひとりだけではなかった。〈グッド・ドリームス〉が流出させた卑猥な画像は博多の人間も見ているはずなのに、それについてなにか訊ねられたことがない。じろじろ見られたり、ひそひそささやかれることもない。

普段の伊万里が、荒んだ空気をまとっているせいもあるだろう。

だらしない装いに投げやりな態度で、夜の住人であることを隠そうとしなかった。みずから意識して、まともな女に見られないように振る舞った。職業を訊ねられたら、「ソープ嬢です」とはっきり答えた。べつに恥ずかしくなかった。〈グッド・ドリームス〉が流出させた画像に写っている自分は嘘をつかされているが、売春で糊口《ここう》を凌《しの》いでいるのは真実だからだ。

「いつもんやつ、よかかい？」

財津が息をはずませながら鏡越しに視線を合わせてきた。

伊万里はうなずいた。ペニスを咥《くわ》えこんでいる濡れた肉穴が、歓喜に震えた。グッドタイミングだった。こちらもちょうどイキたかったところだ。

アヌスに異物が挿入された。スキンに包まれたローターだ。最初にされたときは怖かったが、ゼリー付きのスキンを使えば簡単に入るし、痛みもない。スイッチがオンにされる。ジジィー、ジジィー、という小刻みな振動が、下半身の内側にこだまする。

「おおおっ、響く……響くぞ……気持ちよか……」

財津はうっとりと眼尻を垂らし、ピストン運動のピッチをあげた。

「はっ、はぁあああああーっ！」

伊万里は紅潮した顔をくしゃくしゃにした。パンパンッ、パンパンッ、と突きあげられるほどに、歪んだ顔に汗が滲《にじ》んでくる。

アヌスにローターを入れられるのは、それ自体が気持ちいいわけではない。一方、膣《ちつ》越しに振動が伝わるペニスのほうは、大変気持ちがいいらしい。

ドーピングをしていても、財津は五十歳前後。中折れの心配があるから、こうしてブーストをかけたがる。ペニスに伝わる振動に加え、女の尻の穴にローターを突っこんでいるという破廉恥な行為そのものが、男の支配欲を満たすのかもしれない。

「むうっ！　むうっ！」

勝ち誇った顔で送りこまれる財津のストロークは、伊万里のいちばん奥深いところにあたっていた。ピッチは速くなる一方で、乳房の揺れ方も激しくなる。体中から、甘ったるい匂いのする汗が噴きだしてくる。

「あぁっ、いいっ！　あああぁーっ！」

伊万里は長い脚をガクガクと震わせた。快楽に翻弄されて膝が折れてしまいそうになっても、財津がしっかりと腰をつかんでいる。渾身《こんしん》のストロークは怒濤の連打と成りかわり、立っていられないほど感じている伊万里をしゃがませてはくれない。

「イッ、イクッ……イクイクイクイクッ……」

伊万里は息をとめて身構えた。次の瞬間、腰が跳ねあがった。財津につかまれていなければどこかに飛んでいきそうな勢いで、ビクンッ、ビクンッ、と暴れまわり、同時に、全身の肉という肉が痙攣を開始した。

「あああっ……あああああっ……」

絶頂の嵐に揉みくちゃにされながら、伊万里は鏡を見た。肉の悦びをむさぼっている女の顔が映っていた。オルガスムスに達した充実感が美しい顔を輝かせ、見とれてしまうくらい色っぽかった。眉間に深い縦皺を刻み、眼つきは陶酔の極致にあり、半開きの唇を震わせている。

小春もこんな表情でイクのだろうか？

神宮寺に抱かれて、たとえ刹那の瞬間でも、女に生まれてきた悦びを嚙みしめることができたのなら救われるが……。

3

最初に韓国に渡ったとき、伊万里はどのような顔に直せばいいか、はっきりしたイメージをもっていなかった。

眼を大きくし、鼻筋を通して、顔の輪郭をすっきりさせたい、というくらいだったと思う。

まず眼と鼻の手術をした。顔の腫れが引くまでのダウンタイムを一週間ほどソウル市内で過ごし、帰国して中洲のソープランドに面接に行くと、敷居が高そうな店だったにもかかわらず、その場で採用が決まった。

整形と売春——自分の人生に関わりがないと思っていた闇の中を、伊万里はひとり、歩きはじめた。胸の中は不安でいっぱいだったが、季節が夏から秋へと移るころになると、手応えを感じはじめている自分がいた。

眼と鼻を直しただけで、顔の印象がかなり変わったのが大きい。我ながら鏡に見入ってしまうほど綺麗になったし、自然な感じに仕上がっていた。

ソープランドの客も紳士的な人ばかりだったので、嫌な思いはほとんどしなかった。むしろ、女としての自信をつけることのほうが多かった。お金で買われているとはいえ、「綺麗だね」「サービスがいいね」と褒められれば嬉しかったし、セックスそのものも楽しかった。いろんなタイプの男と体を重ねることで感度があがり、何度でもイケるようになった。

このまま歩きつづければ、過去を振りきれそうだった。

その時点では、顔を直しに韓国に渡るのは、あと二、三回にしようと思っていた。ソープの仕事もいつまでもできるものではない。とにかく頑張ってお金を貯め、新しい顔で新しい人生の扉を開こうと、ずいぶんと久しぶりに前向きな気分になっていた。

だが、ある日、過去が追いかけてきた。

小春から電話がかかってきた。その日は休みで、伊万里はウィークリーマンションの部屋でだらだらしていた。

〈グッド・ドリームス〉に卑猥な画像を流されて以来、小春とは一度も会っていない。悲しいけれど、二度と会うことはないだろうと思った。会えば忌まわしい過去に首根っこをつかまれ、前に進めなくなる。お互いのために、関係を断つしかなかった。

伊万里は最初、電話に出なかった。コールが切れるまで、黙ってスマホを眺めていた。五分ほどしてから、もう一度かかってきた。大事な用件があるのかもしれなかった。ためらいながら、結局は電話に出た。

「あの、もしもし……」

聞こえてきたのは冬馬の声だった。

「伊万里さん、ですよね?」

「えっ?　うん……」

「東京にはもういませんか?」

「うん……どこにいるかは言えないけど……どうかしたの?」

冬馬は押し黙った。悲痛な表情が眼に浮かんでくるような、長い沈黙があった。

「姉ちゃんが、自殺しました」

突然、冬馬の声が遠くなった気がした。訊き返そうとしたが、伊万里は声が出ないほどのショックを受けていた。

「六階建てのビルの屋上から飛びおりて……ただ、一度四階のバルコニーにぶつかって、幌《ほろ》のついたトラックの上に落ちたから、一命は取り留めたんですが……」

「あなた、いま病院?」

「家です」

声が出たのは、小春が死んではいなかったからに違いない。

「小春についてなくていいの?」

「いま病院から帰ってきたところで……」

「飛びおりたのはいつなのよ？」

「一週間くらい前かな……」

賢い冬馬にしては、歯切れが悪かった。言いたいことがあるのに言えない、という空気だけがひしひしと伝わってくる。

伊万里にしても、訊ねたいことがたくさんあった。なのに、頭が混乱してうまく言葉にできそうにない。

「いまからそっちに行くから、会って話そう」

中洲から福岡空港までは地下鉄で十分もかからない。飛行機に乗ってしまえば、羽田《はねだ》まで二時間だ。

冬馬が電話をかけてきたのは、午後二時過ぎだった。夕方までには雑司が谷のアパートに着けると告げ、伊万里は部屋を飛びだした。

着いたのは、午後五時前だった。呼び鈴を押すと、冬馬がドアを開けてくれた。

久しぶりの再会、懐かしい部屋——それでも挨拶の言葉さえ出てこない。予想以上に、冬馬は憔悴《しょうすい》していた。頬がげっそりと瘦《こ》け、メガネの奥の瞳に光がなかった。

当然と言えば当然だった。一見、しっかり者の弟が、危なっかしい姉の世話を焼いているようでも、冬馬は冬馬で小春を心の支えにしている。小春が〈グッド・ドリームス〉にのめりこんでいったときの、動揺ぶりを見てそれを感じた。

「部屋の中ですよ？」

リビングの床に腰をおろした伊万里に、冬馬が言った。サングラスをかけたままだったからだ。女優がかけるような大ぶりなサイズで、顔を半分くらい隠している。

「眼の病気なの。気にしないで」

「……そうですか」

冬馬は伊万里から視線をはずした。サングラスで眼は隠せても、鼻までは隠せない。冬馬はたぶん、伊万里が整形したことに気づいていた。このころはまだ、それほど小春に似ていなかったが、マスクもしてくれればよかったと後悔した。

「それで、小春の容態はどうなの？」

「全身打撲や骨折で、全治六ヵ月って言われました」

伊万里は太い息を吐きだした。

「でも、体より心配なのがメンタルで……このところずっと、幽霊みたいな顔をしてたし、なんかひとりでぶつぶつ言ってるばっかりで、会話も成り立たなかったし……」

「どこから飛びおりたの？」

「近くのマンションです。オートロックもないような古い建物だから、勝手に入っていったんでしょうね」

冬馬は自分の頭を拳で二回叩いた。

「眼を離しちゃいけないって、わかってたんですよ。一緒に外を歩いていても、急に車道に飛びだそうとしたりするから、夏休みが終わっても学校を休んでつきっきりで見てたんですが……あのときは自分の部屋で勉強してたら寝落ちしちゃって、気づいたら姉ちゃんいなくなってて……やばいと思って捜しまわったんですけど、遅かった……」

冬馬がまた、自分の頭を拳で叩いた。ゴン、ゴン、と顔をしかめたくなるような鈍い音がしたので、伊万里は身を乗りだして冬馬の手を押さえた。冬馬は握りしめた拳を震わせ、むせび泣きはじめた。メガネをはずし、涙を拭きながら、事情を細かく説明してくれた。

小春は現在、体の治療のために入院しているが、三ヵ月くらいで退院できる見込みらしい。しかし、メンタルが壊れたままでは、また同じことを繰り返すかもしれず、かといって冬馬ひとりで看病するのは限界がある。

仙台の実家に帰る、という選択肢が普通ならあるはずだが、冬馬と小春の実家は複雑な事情を抱えていた。

シングルマザーだった母親が再婚し、幼い連れ子を三人も育てているらしいのだ。

おまけに、冬馬と小春は、義父との関係があまり良好ではない。

そういう背景があるから、冬馬と小春は揃って上京してきたらしく、実家に戻るのは難しいという。戻っても居場所がないし、邪魔者扱いされるのは眼に見えていると、冬馬は肩を落として言っていた。

もっとも、小春だって実家になんて戻りたくないだろう。地元の知りあいに性器を見られているかもしれないという恐怖は、不安定なメンタルを悪化させることはあっても、癒すことなんてあり得ない。

「預かってくれる施設みたいなのはないのかしら？　静かにゆっくり療養できるところ……」

「もちろん調べましたけど……」

冬馬は力なく溜息をついた。

「そういうところって、高いんですよ。ものすごくお金がかかる」

「どれくらい？」

「月に百万、年間で一千万を軽く超える感じ。母に言ったら腰を抜かします」

「わかった」

伊万里は強い眼で冬馬を見た。

「そのお金、わたしがなんとかする。あなたは、小春がいまの病院を退院できたら、その施設に移れるよう手配して」

衝動的な決断だったが、後悔しないだろうという確信があった。

「いや、でも……」

冬馬はひどく困惑していたが、

「詮索はしないでね」

伊万里はきっぱりと言った。

「小春の心が壊れちゃったのは、わたしにも責任があるのよ。よく調べもしないで、インカレサークルのイベントに一緒に行って……」

胸を揺さぶるような感情に突き動かされていた。責任を感じていたのは嘘ではないが、それだけではない。友情、という言葉もあまりしっくりこない。

仲がよかったと言っても、小春と本当にそういう関係だったのは、ひと月にも満たないのだ。女子大の入学式の日に出会って、四月の下旬には〈グッド・ドリームス〉の新歓イベントに参加している。

だが、その短い時間に、ふたりで同じ夢を見た。心ときめく夢だったし、小春のような綺麗な子と同じ夢を見ていること自体が楽しかった。たとえ短い時間でも、あれほど恋愛について熱く語りあった相手は他にいない。

そしてふたりで事故に遭った。人生を狂わせる惨劇に巻きこまれた。

だから、小春はただの友達ではなかった。うまい言葉が見つからないが、沈みゆく船に同乗していた運命の共有者だった。

「だからお金はなんとかする。あなたはせっかくいい高校に入ったんだから、休んでないで本業に戻りなさい。頑張って勉強して……」

伊万里は当時、中洲のソープランドで月に百万円前後稼いでいた。もちろん、それをそのまま渡してしまっては、生活費がなくなってしまう。だが、やり方によっては、もっと稼げるはずだった。

博多に戻った伊万里は、ソープランドと掛け持ちでラウンジで働きはじめた。口説いてきた男を熱いセックスで骨抜きにしてから、愛人契約をもちかけた。最初は相手が小金持ちばかりだったから、月に五十万程度しか引っ張れなかったが、そのうち太客を何人もつかまえた。愛人での稼ぎが月に三百万を超えると、ソープランドからは足を洗った。

客と寝ないことを建前にしている水商売で、「あの女は枕営業をしている」という噂が立つと居心地が悪くなるので、店は頻繁に変えた。ついでに韓国へ渡って、顔も少しずつ変えていった。

常時五、六人のパパと付き合い、ソープより濃厚なセックスに溺れると同時に、一度やると抜けだせないと言われている、美容整形の沼に嵌まっていった。顔を変えることで、古い服を脱ぐように過去を脱ぎ捨てられる気がしたからだろう。

あれから六年――。

小春は南房総《ぼうそう》にある海の見える施設にずっといるけれど、心は壊れたままだった。薬が効いているらしく、錯乱したり、自殺の衝動に駆られたりすることはないようだが、伊万里を伊万里として認識してくれない。年に一、二度、様子を見にいくたびに、深い悲しみにとらわれる。

ただでさえ細かった体をさらに痩せ衰えさせた小春は、けれどもとても綺麗だった。穢《けが》れを知らなかったころのように可憐で、桜の花のように儚げで、笑うと無垢《むく》な天使そのものだった。ドロドロした現実と縁を切り、夢の世界に生きているせいだろう。

どうしてこんなことになってしまったのか、因果を辿《たど》っても詮無いだけだ。

小春を守れるのは自分しかいない、と伊万里は自分に言い聞かせた。小春のためなら、どれだけ汚れてしまってもかまわない。そんなにも現実に絶望しているなら、いつまでも夢の世界にいればいい……。

4

洗面所での立ちバックで、財津は射精に至らなかった。中折れはしていないが、スタミナが切れたようだ。

もともと遅漏気味なので、伊万里には驚きも落胆もなかった。ベッドに移動し、あお向けになった財津の両脚の間に、両膝をついた。

スタミナが切れてもドーピング済みのペニスはカチカチのままで、指を添えると熱い脈動が伝わってきた。

「うんあっ……」

唇をひろげ、はちきれんばかりに膨張している亀頭を頬張った。まずは口内で舌を動かしてから、ゆっくりと唇をスライドさせはじめる。

「あんたん唇、ほんなこつ気持ちよかねえ」

財津がまぶしげに眼を細め、額の汗を手のひらで拭った。

伊万里はペニスを咥えながら上目遣いで財津を見ていた。視線をからませながら、ペニスを強く吸った。財津の呼吸が、荒くなっていく。

伊万里はもともと唇が薄かったのだが、整形によってふっくらと肉厚になっていた。たしかに、この唇でペニスをしゃぶられるのは気持ちよさそうだ。

ひとしきり、男の器官と戯れた。もっと舐めていたかったが、体位と場所を変えるインターバルに始めた口腔《こうこう》奉仕である。しつこくやりすぎると、興醒《きょうざ》めになってしまう。

いや、なにより伊万里自身が、我慢できなくなってしまった。両脚の間が熱く疼き、あふれた蜜が内腿を伝って膝のあたりまで垂れてきている。口ではないところに、この硬い肉棒を埋めこみたい。

「あああーっ！」

騎乗位でまたがり、腰を落とした。ずぶずぶと侵入してくる男の器官の存在感が、頭の中を真っ白にしてくれる。

最後まで腰を落としきると、自然と腰が動きだした。股間をしゃくるようにして、重心を前後させた。

ずちゅっ、ぐちゅっ、と肉と肉とがこすれあう刺激が、体中をざわめかせる。腰を動かすピッチがあがり、リズムに乗っていく。セクシャルな腰振りダンスを披露しながら、快楽の海に溺れていく。

ソープランドで働きはじめてよかったのは、セックスは誰とやっても同じ、と気づいたことだ。

実際、同じだった。誰とやっても気持ちよかった。相手がよほど非礼だったり、不潔だったりしない限り、伊万里は手放しで乱れたし、思いきりオルガスムスを嚙みしめることができた。ＡＶを観《み》て研究し、騎乗位のコツをつかんでからは、自分の意志でイケるようにもなった。

十八歳で上京したときは、愛とか恋の延長線上にセックスはあり、好きな相手とでなければ気持ちがよくないものだとばかり思っていたが、全然違った。

愛なんて曖昧な感情がつけいる隙がないくらい、セックスの快感はリアルだった。愛とセックスのどちらを選ぶかと問われたら、迷わずセックスを選ぶ。

自分は淫乱だと認めることで、伊万里の心はずいぶんと軽くなった。そういう女なのだから、輪姦されてイキまくっても当然だった。自分が悪いわけではなく、体がそうなっているだけのことだ。救いがたいド淫乱なのだ。

「たまらんばい……」

財津が伊万里の両膝をつかみ、立ててきた。両脚をM字に割りひろげられると、伊万里は甲高い声をあげてのけぞった。この体勢になると結合感が深まる。子宮に届くほど深く貫かれているのに、股間をぐりぐりと押しつけてしまう。口内にあふれた唾液が、糸を引いて胸の谷間に垂れていく。

伊万里はパイパンだから、騎乗位で両脚を開くと、結合部が露《あら》わになる。伊万里を愛人にしている男たちは、例外なくそこをまじまじと眺めてくる。そして伊万里は、眺められるのが大好きだ。

ずちゅっ、ぐちゅっ、と卑猥な肉ずれ音をたてているところを凝視されるのは、もちろん恥ずかしい。

しかし、結合部を凝視してくる男たちの血走ったまなざしに、興奮してしまう。男の興奮が、伊万里も興奮させる。財津はいま、他ならぬ自分の体に夢中になっている。自分とのセックスに昂り、欲望を全開にさせている。愛なんてなくても、伊万里はどこまでもいやらしく燃え狂う。

「もう出そうや……」

財津が汗まみれの顔を歪めて言った。伊万里はハアハアと息をはずませながらうなずいた。ピルを飲んでいるので、中で出してもＯＫだった。どれだけ景気のいい金持ちでも、膣外射精を約束させる愛人に月百万も払わない。

「……むっ！」

財津が唸《うな》り、伊万里の太腿を強くつかんだ。次の瞬間、下半身のいちばん深いところでドクンッという衝撃があった。射精に達したらしい。

それが引き金になって、伊万里にもオルガスムスが訪れた。電流じみた快感が五体を打ち、灼熱《しゃくねつ》に包みこまれた。動かなくなった財津の上でしつこく腰を振りたてて、天国への階段を駆けあがっていく。

「イッ、イクッ……イクイクイクッ……はっ、はぁあああーっ！」

ミルクティーカラーの髪を振り乱し、ふたつの胸のふくらみをちぎれそうなほどバウンドさせた。脳天まで響いてくる衝撃的な快感に、自分の体をコントロールできなくなった。体中を、ぶるぶるっ、ぶるぶるっ、と痙攣させながら腰を跳ねあげると、スポンッとペニスが抜けた。両脚はM字に開いたままだった。

「あああああーっ！」

潮なのかゆばりなのか、ペニスの抜けた部分から、一本の放物線を描いて体液が噴射した。

「いっ、いやあああっ……いやあああああっ……」

伊万里は顔を真っ赤にして羞《は》じらったが、財津は胸をびしょびしょに濡らされながら、満足そうに笑っていた。

第五章　闇にうごめく

1

空は青く晴れ渡っていたが、波間を照らす太陽の光は頼りない。暦は師走に入っている。もう冬だ。バスの中は暖房でぬくぬくしているけれど、窓を開ければ冷たい北風に頬をなぶられるだろう。

羽田発、南房総行きのリムジンバスは、東京湾アクアラインを走っていた。道の両側に海が見える。最初に渡ったときはあまりの規模の大きさに驚嘆したものだが、伊万里はこの六年間で三十回以上往復しているので、もはや見慣れた光景だった。

目的地はいつだって、小春のいる施設である。

車窓をぼんやり眺めている伊万里の眼に、冬の海は映っていなかった。小春の笑顔を思いだしていた。六年前、みずから命を絶とうとした彼女は、運よく一命はとりとめたものの、正気を失った。伊万里が施設に訪ねていっても、昔のように言葉を交わすことはない。伊万里を伊万里として認識してくれず、ガラス細工のような儚い笑顔を見せるばかりだ。

自分で自分を狂気の中へと幽閉しているように、伊万里には思えた。精神安定剤が効いているらしく、なにをするにも動作が極端にゆっくりで、昼寝ばかりしているらしい。ただ、毎日穏やかに過ごしているというから、その点では安心していた。

正気を失ってからの小春は、なんだか歳《とし》を重ねるごとに若返っていくようで、会うたびに無垢になっていき、もう二十五歳になるというのにあどけなささえ感じさせる。

まるで天使だった。

言葉によるコミュニケーションがとれなくても、伊万里はそんな小春の姿を見ているだけで満たされた。彼女が無垢でいられるためなら、自分がどれだけ穢れてもかまわないと思った。顔を変え、正体を偽って愛人稼業に身をやつしていても、小春という存在があることで、自分の人生には意味があるはずだと思いたかった。

昨日――。

冬馬から連絡があった。「姉ちゃんのところで会えませんか？」と、ＬＩＮＥでメッセージを送ってきた。ひどく珍しいことだった。

高校時代にはスマホを持たない主義だった冬馬も、姉が入院したことで緊急連絡先が必要になった。小春を病院から施設に移した前後は、頻繁にＬＩＮＥでやりとりしていたし、小春の様子を知らせてくれることも多かったが、この三、四年は没交渉に近い。

伊万里がろくに返信しないからだ。友好ムードで連絡をとりあい、じゃあ今度一緒にお見舞いに行きましょう、という流れになることを恐れていた。その思いは、月日が重なるほど強くなっていった。

はっきり言って、冬馬にはもう会いたくなかった。小春そっくりに整形した顔で、彼女の弟に会えるわけがなく、お見舞いにはいつもひとりで行っている。

だから、今回のＬＩＮＥも、「ごめん。いまちょっと忙しくて」と素っ気ない返信をして放っておいた。実際、忙しかった。男と会う予定が連日びっしりつまっていたし、伊万里にとってそれは仕事だった。

すると冬馬は、電話をかけてきた。深夜の零時近かった。伊万里は日課である半身浴を終え、バスタオル一枚でボディケアをしていたところだった。

「いったいどうしたの？」

しかたなく電話に出ると、

「姉ちゃんが、事故を起こしました」

冬馬は深く沈んだ声で言った。

「どういうこと？」

「眼が見えなく……自分で……」

冬馬がもごもご言っているので、

「わかるように言って！」

伊万里は声を尖らせた。

「洗剤を眼にかけたんです。トイレ掃除とかに使う、強アルカリ性の洗剤……」

「自分で自分の眼に洗剤をかけたの？」

「そうです」

「どうしてそんなこと……」

伊万里はパニックに陥りそうになった。

メンタルを病んでいる人間が、自傷行為に走るというのはありがちなことかもしれない。

しかし、小春に限って言えば、この六年間、そういうことはいっさいなかったのだ。彼女の入っている施設は監視の眼が行き届いているし、ガラスのコップや金属製のスプーンなど、自傷行為に使えそうなものは置かれていない。

「姉ちゃん、いままでずっとおとなしかったから、施設の人も油断してたみたいで……」

「そういう問題じゃないでしょ！」

夜が明けるのを待って、伊万里は福岡空港に向かった。タクシーの中でも、羽田便に搭乗してからも、心臓が怖いくらいに胸を打っていた。

自分で自分の眼に洗剤をかけたというシーンは、想像するのも恐ろしかった。とにかく死ななくてよかったと、何度も自分に言い聞かせた。

小春が死んでしまったら、伊万里も生きていけない気がした。

小春と伊万里は、光と影の関係だった。近ごろよく、そんなふうに思う。みずからを狂気に幽閉し、天使のように笑っている小春を光とでも思わなければ、やりきれない人生を伊万里は生きている。

光があるからこそ影は形をもち、この世に息づいていられる。光を失ってしまったら、影はただの闇にすぎない。闇の中にうごめいているのは、整形と売春で汚れてしまった、無残な女のみじめな人生だけだ。

館山《たてやま》でリムジンバスを降り、タクシーに乗り換えた。小春のいる施設は、高台から雄大な太平洋を見下ろせる。伊万里はその眺望が気に入り、小春を預かってもらうことに決めた。

小春の部屋は一階だった。受付で面会名簿に名前を書いていると、白髪の副院長が出てきて、謝罪を受けた。なんとなく言い訳がましい詫《わ》び方だったので、伊万里は適当に聞き流した。

小春に会う前にトイレに立ち寄るのが、いつもの儀式だった。失明したという小春はともかく、今日は冬馬もいる。

洗面所の鏡に映った自分を見た。大きめのキャスケットとサングラスで顔を隠し、ミルクティーカラーの髪も帽子の中に入れている。お忍びで遊びまわっている女性タレントのようなあやしさはあるものの、これなら顔はわからない。

小春の部屋に向かい、ノックをして扉を開けた。小春はベッドにいた。眼に巻いた白い包帯が痛々しかった。傍らの椅子に、冬馬が座っていた。

伊万里はふたりの雰囲気に違和感を覚えた。冬馬と最後に会ったのは五年近く前で、背が伸びてずいぶん大人っぽくなっていたけれど、それだけが理由ではない。自傷行為で両の眼を失明――悲劇的な状況のはずなのに、姉と弟はどちらも口許《くちもと》に笑みを浮かべていた。

「伊万里ちゃんでしょ？」

小春がクスクスと笑いながら言ったので、伊万里は仰天した。この六年間、そんなふうに声をかけられたことはない。伊万里を伊万里として認識することができなかったのだから、名前なんて呼ばれるわけがない。

「あたってるなら返事してよ。伊万里ちゃんよね？」

「……どうしてわかったの？」

「気配でわかるよー。だってわたしたち仲よかったじゃない？　東京出てきて初めてできた友達だし……ううん、子供のときから数えたって、本当の友達だなって思えたのは、たぶん伊万里ちゃんひとりだけだよ」

伊万里は喜ぶことさえできないまま、呆然とした顔を冬馬に向けた。メガネをかけた端整な顔に、戸惑いが浮かぶ。どう説明していいのかわからないというような……。

「なんかね……」

小春は妙にしっかりした口調で言った。

「眼が見えなくなったら、心にかかってた霧が、パーッと晴れたような感じなの。悪い夢から覚めたみたいっていうか……人間って不思議よね。眼が見えないほうが、いろんなものいっぱい見える気がする」

どうやら、小春は視力を失ったかわりに、正気を取り戻したらしい。

2

帰りは冬馬のクルマで送ってもらうことになった。

純白のアルファードだ。クルマに詳しくない伊万里でも、その七人乗りのミニバンが高級車であることは知っていた。しかも新車の匂いがする。

まだ大学生なのに、どうしてこんなにいいクルマに乗ってるの？　と不思議でならなかったが、冬馬と話すべきことは他にもたくさんあったので、とりあえずなにも言わずに助手席に乗りこんだ。

「びっくりしたでしょ？」

アルファードを発進させながら、冬馬が言った。

「僕も最初、驚いて声が出ませんでしたから」

「失明したのはいつ？」

「十日前ですね。すいません、連絡が遅れて……」

「大変だったんでしょ？」

「直後は痛みもすごかったらしくて、錯乱状態だったし……さすがに僕も……また死のうとしたのかって、全身から力が抜けちゃって……」

冬馬は太い息を吐きだした。

「でも、死ぬつもりじゃなくて、眼だけを見えなくしたかったみたいです。本人がはっきりそう言ってました。施設の人によれば、兆候もあったとか。ああいう施設だから、割れない鏡を使ってるらしいんですけど、姉ちゃん、それを見るたびにマジックで塗り潰したり、ガムテープを貼ったりしてたって……」

「自分の顔を、見たくなかったんだ……」

なんとなく、気持ちはわかった。伊万里もまた、鏡を見たくない時期があった。

「でも、失明して五日後だったかな、いきなり普通に話しかけてきたんですよ。『辛くない麻婆豆腐つくってきてよ』とか……」

「さっきもすごい普通だったよね……」

今日の小春は、まるでこの六年間がなかったかのような、いや、その前にあった忌まわしい出来事まで、すべて記憶から消し去ったような感じだった。病的に痩せてはいても、出会ったころの天真爛漫《てんしんらんまん》ささえ感じたくらいだ。

「お医者さまはなんて言ってるの？」

「いや、それがもう、首をかしげるばっかりで……いい兆候には違いないけど、あまり短絡的に喜んじゃいけないって言われました」

たしかに、と伊万里は胸底でうなずいた。話ができるようになったのは朗報だ。

しかし、いくら自分の顔を見たくないからといって、みずから失明してしまうなんて狂気じみている。

「伊万里さん、今日はとんぼ返りですか？」

「うーん、どうしよう……」

時刻は午後三時を過ぎたところだった。帰ろうと思えば帰れる時間だったが、男に会う予定はキャンセルしてある。となると、夜の時間をもてあます。無機質なウイークリーマンションでコンビニ弁当を食べている自分を想像すると、心が凍えそうになった。

「東京に一泊していこうかな……」

銀座《ぎんざ》あたりのホテルに泊まり、おいしいスイーツのおみやげでも買って、明日もう一度、小春のところに寄ってから、博多に帰ればいい。

「だったら、夜ごはん一緒に食べません？」

「えっ……」

伊万里の心臓は、ドキンとひとつ跳ねあがった。

「こう見えて、けっこういいレストラン知ってるんですよ。イタリアンでもフレンチでも中華でも……」

「いい……いいわよ……」

伊万里は首を横に振った。

「わたし、いまダイエット中だから……」

嘘だった。レストランで食事をするなら、帽子とサングラスを取らなければならないからだ。

「じゃあ、ちょっとうちに寄るのはどうですか？　おいしいコーヒーがあるんですよね」

「まあ、コーヒーくらいなら……」

伊万里は内心で苛立ちながらうなずいた。どうやら冬馬は、自分と話がしたいようだった。久しぶりの再会だから、積もる話があるのかもしれない。

しかし、東京まではまだ一時間以上かかる。話があるなら、クルマの中ですればいいのに……。

「あんた、変わったね……」

つい皮肉が口をついた。

「いいレストランとか、おいしいコーヒーとか、女を誘い慣れてる感じがした」

「大人になっただけですよ」

冬馬は苦笑している。

実際、大人になった。背が高くなっただけではなく、声も低くなったし、体形も男らしくなった。痩せているが、骨格の逞しさに大人の男を感じる。シフトレバーを操作する、骨張った手指がセクシーだ。

「もう二十二歳？　来年で大学も卒業か……」

時の流れを感じながら、伊万里はぼんやりとつぶやいた。

冬馬が通っているのは、〈グッド・ドリームス〉を公認サークルにしていた私立大学だ。入学したという報告を受けて、伊万里は落胆した。日本人なら知らない者はいない一流大学ではあるが、超絶難関の国立高校に通っていた冬馬なら、東大とか京大とか、最高ランクの大学に合格できると思っていた。なのによりによって……あんな大学に行くことないのに……。

冬馬は雑司が谷から引っ越していた。

クルマを降りても、伊万里は最初、そこがどこなのかわからなかった。広尾《ひろお》という地名も知らず、恵比寿《えびす》と六本木の間と教えられて、ようやくピンときた。

「すごいところに住んでいるのね。高級住宅地でしょう？」

「部屋はすごく狭いんですよ」

八階建てのペンシルマンションの六階にある部屋は、たしかに狭いワンルームだった。なんだか、伊万里が利用しているウィークリーマンションによく似ていた。

無機質で、生活感がまったくなく、ベッドやテーブルなどの調度品は、おしゃれなようでいて、よく見ると大量生産の廉価品……。

「なんでこんなところに引っ越してきたの？　前の部屋、住み心地よさそうだったじゃない？」

冬馬は薄く笑っただけで、コーヒーを淹《い》れはじめた。誘い文句は嘘ではなかったらしく、豆を挽《ひ》くところから淹れるコーヒーのいい香りが、狭い部屋の中に充満していく。

椅子はなかったので、ふたりで絨毯の上に座ってコーヒーを飲んだ。香りだけではなく、酸味の強い味も伊万里の好みだった。

「とってもおいしい。こんなにおいしいコーヒー飲んだの、久しぶりだな」

伊万里は口許に笑みを浮かべたが、冬馬は複雑そうな顔をしていた。伊万里が帽子とサングラスで顔を隠したままだったからだろう。

「この部屋、なんか落ち着かないね？」

伊万里は部屋を見渡して言った。落ち着かないのは部屋のせいではなく、大人になった冬馬とふたりきりだからだ。彼に隠さなければならないことを、帽子とサングラスの下に秘めているからだ。

「実は引っ越そうと思ってるんですよ」

「へー、どこに？」

「もっと広いところ。最低でもふた部屋あって、くつろげるリビングもあるファミリータイプの……」

「なによ。同棲《どうせい》でもするの？」

冗談のつもりだったが、冬馬は笑わなかった。

「姉ちゃんを引き取ろうと思って」

「えっ……」

「事故を起こしてから、毎日様子を見にいっているんですけど、いまの感じだと、もう施設に入れておかなくてもいいかなって……」

「待ってよ、なんなのそれ……」

伊万里は自分でも驚くほど動揺していた。

「だって、いつまでも伊万里さんにお金出してもらうわけにはいかないじゃないですか。実は僕、大学を卒業したら、就職しないで起業するつもりなんです。家で仕事できるから、ずっとついててあげられるし……ずっとは大げさでも、それなりの収入が見込めるんで、家政婦さんを雇って……」

「ちょっと水飲んでいい？」

伊万里は立ちあがってキッチンに向かった。「冷蔵庫にミネラルウォーターがあります」と冬馬が声をかけてきたが、冷蔵庫の中は缶ビールと缶チューハイばかりで、ミネラルウォーターは見当たらなかった。水道水を飲んでもよかったが、缶ビールを一本抜き、立ったままプルタブを開けて飲んだ。

ビールの味がまったくしなかった。ただの冷たい液体が、喉から食道を通って胃に落ちていく。もうひと口飲むと、体中が小刻みに震えだし、ドクンッ、ドクンッ、と心臓が早鐘を打ちだした。

大学を卒業してすぐに、家政婦を雇えるほどの収入が見込めるなんて、いったいどんな会社を興すつもりなのだろう？　高級車といい、立地のいいマンションといい、金まわりがよさそうなことも気になったが、それより重要な問題がある。

「わたしから小春を奪わないで！」

酔ってもいないのに、叫ぶように言った。伊万里は完全に取り乱していた。

「正気に戻ったから引き取るっていうなら、わたしが小春を引き取りたい。わたしが小春と一緒に住む！」

小春が正気を取り戻しても、失明していなかったなら、そんなことは考えなかった。むしろ、彼女の前から姿を消しただろうが、眼が見えないのなら、整形した顔でも一緒に暮らせる。

「いや、あの……ちょっと落ちついて……」

冬馬は困惑顔で立ちあがり、こちらに近づいてきた。ぶるぶると震えている肩に触れてこようとしたので、

「触らないでっ！」

伊万里は金切り声をあげて冬馬の手を払った。

「あなたにはこれから先、明るい未来が待ってるでしょ？　卒業して起業して恋愛して結婚して子供ができて……わたしにはなにもないの。小春だけなの。小春がいないと生きていけないの！」

冬馬は弱りきった顔で眼を泳がせている。

「とにかく落ち着きません？」

伊万里は呼吸を乱していた。落ちつくどころか、大声を出してしまったことで、よけいに感情が制御できなくなった。胸の中で渦巻いているドロドロした黒い激情が、言葉となって口から放たれた。

「じゃあこうしましょうよ。三人で住めばいいじゃない。小春はあなたのお姉さん、わたしはあなたの……奥さん」

帽子とサングラスを取ると、冬馬は息を呑《の》んだ。すぐに眼をそらした。見てはいけないものを見てしまったという顔をした。

「わたし、知ってるんだから。あんた、重度のシスコンでしょ？　小春のことが大

好きなんでしょ？　だからほら、わたしが〝抱けるお姉ちゃん〟になってあげる。小春とは絶対にできない、エッチなことといっぱいしてあげる……どう？　いいアイデアじゃない？　奥さんが嫌なら、家政婦でも性処理係でもなんでもいい。だから、三人で一緒に住もうよ、ね？」

冬馬は言葉を返してこなかった。伊万里が両手をひろげても、抱きしめてくれることもなかった。ただ憐れみに満ちた眼つきで、言葉の爆弾を投げつけてくる姉にそっくりな女を呆然と見つめているばかりだった。

3

「ほんなこつよかか？」

財津が心配そうに眉をひそめたので、伊万里は苦笑した。

「社長がやりたいって言ったんじゃないですか」

「そん通りやが……」

ふたりで眼を見合わせて笑った。

バスルームから出てきた伊万里の体は、白いバスローブに包まれていた。外資系の一流ホテルだけあって、生地がふわふわと柔らかくて心地いい。

ただ、その下の裸身は緊張にこわばり、鼓動の乱れがおさまらなかった。伊万里は今夜、財津にアナルヴァージンを捧《ささ》げることになっている。

財津は女の排泄《はいせつ》器官にことさら興奮するタチのようで、以前にもアナルセックスに誘われたことがある。伊万里はさすがにアブノーマルすぎると二の足を踏み、財津も無理強いするようなタイプではなかったので、いままでしたことはないが、ある事情から、伊万里は今夜それを許すことにした。

ネットで調べたところ、アナルセックスには下準備が必要らしく、伊万里はいまほど、直腸を洗浄してきた。いわゆるシャワー浣腸《かんちょう》——ヘッドをはずしたシャワーノズルを肛門《こうもん》にあて、ぬるま湯で中をきれいにするのだが、繰り返し行なう必要があるし、なんとも言えない屈辱感がある。ひとりでやっていてもそうなので、誰かにされることなんて考えられない。

「こっちに来んしゃい」

財津に手招きされ、伊万里はベッドにあがっていった。シャワー浣腸の次の下準備は、アナルマッサージである。そもそもペニスを受け入れるための器官ではないので、筋肉を入念にほぐす必要があるらしい。これは、アナルセックス経験者の財津にすべてまかせることにした。

キスをされ、バスローブの上から体をまさぐられた。財津の口づけと愛撫はいつになく甘く、情熱的だった。アヌスの筋肉をほぐす前に、まずは緊張している心身をほぐしてくれるつもりらしい。

雪国生まれの白い素肌にゴルフ焼けした黒い手指が這いまわり、乳首を吸われる。感じているのに、伊万里の口からもれる声はこわばっている。財津の手指がヒップを撫でると、どうしても先の展開を考えてしまい、そんなつもりはないのに身構えてしまう。

とはいえ、財津は女の扱いをよくわかっていた。両脚をひろげても、いきなりアヌスを刺激してきたりしない。まず毛のない女の花に、舌がやさしく這ってくる。花びらの合わせ目を舌先で丁寧になぞられ、やがてつるつるした舌の裏側が敏感な肉芽の上で躍りだす。

「あああっ！」

まだ包皮の上からなのに、伊万里の声は跳ねあがった。下腹部のいちばん深いところが熱くなり、表面が潤んでいく。ピチャピチャと猫がミルクを舐めるような音が聞こえてくる。財津の指が、クリトリスの包皮を剝いた。剝いたり被せたりをねちっこく繰り返されると、伊万里の腰は淫らにくねりはじめた。

「ほんなこつ、よか体ばい」

財津は熱っぽくささやくと、ローションを取りだしてたっぷりと指にとった。

「……んっ！」

ローションを後ろのすぼまりに塗りたくられ、伊万里は眉根を寄せた。あらかじめ温めてあったのだろう、生温かくヌルヌルした感触が気持ちよかった、

財津はペニスで前の穴を貫きながら、アヌスにローターを入れることを好む男だった。おかげで伊万里は、後ろの穴に触られることに慣れていた。最初はくすぐったいだけだったが、もうそんなことはない。

時間をかけて、アヌスのまわりをじっくりマッサージされた。やがて指が浅いところに入ってきた。愛撫されている、という感覚は薄かった。財津の指は筋肉をほぐすことを目的に動いているから、気持ちがいいというより、恥ずかしさが勝る。いじられているのは、排泄のための器官なのである。

それでも、次第に感じはじめてしまう。財津がアナルマッサージを続けながら、花びらやクリトリスを舐めてくるからだ。アヌスに入っている指が、一本から二本になる。ゆっくりと円を描くように動く。すぼまった穴が拡張されていく。それを自覚するのも、顔から火が出そうなほど恥ずかしい。

前の穴からはもう、したたるほどに蜜があふれていた。後ろの穴は潤滑油となる体液を分泌しないから、財津が絶え間なくローションを垂らしてくる。いつもよりもずっと、両脚の間がヌルヌルしている。

「そろそろよかね」

財津は伊万里のはだけたバスローブを脱がすと、四つん這いになるようにうながしてきた。

「力ば抜きんしゃい」

突きだしたお尻を撫でられても、伊万里は身をこわばらせたままだった。すると財津は、ヴァイブを前の穴に入れてきた。それほど大きなサイズではなかったが、抜き差しされると甲高い声をあげてしまった。

「あああっ、いやあああっ……はぁあああっ……はぁあああああーっ！」

すぐにでもイッてしまいそうだったが、財津はヴァイブを出し入れしながら、アヌスにローションを垂らし、指を入れてきた。一瞬遠ざかったオルガスムスを、伊万里は必死に手繰り寄せようとした。体中の肉という肉が淫らにざわめき、前の穴がヴァイブを食い締めている。このままイケるという手応えがある。

しかし、あともう少しというところで、財津はふたつの穴を塞いでいるものを抜き去った。かわりに指よりずっと太いものが、後ろの穴に入ってきた。

「ぐっ……」

衝撃に目の前が暗くなった。入念にマッサージされたはずなのに、ペニスによる肛門拡張には、苦しさしか感じなかった。

「最初だけやけん」

　むりむりとペニスを挿入しながら、財津が言った。

「いったん入ってしまえば楽になるけん、我慢しんしゃい」

　ペニスを根元まで埋めこまれても、楽にはならなかった。経験したことがないほどの苦しさに悶絶《もんぜつ》し、伊万里は膝を立てていることができなくなった。うつ伏せに潰れてしまった伊万里の上に、財津は乗ってきた。腰を動かされると、ローションまみれのアヌスの中でペニスがヌルヌルとすべった。

「あおおっ……おおおおっ……」

　いつもとは違う、低い声が口からもれていく。獣じみていて可愛くない声だと思っても、自分に絶望することすらできない。顔をシーツにこすりつけているから、目の前は真っ暗なままだった。閉じることのできない口からは、とめどもなく涎が垂れていく。

『……キモ』

　闇の中から、冬馬の声が聞こえた。帽子とサングラスを取り、整形し尽くした素顔を見せたときのことだ。

　小春を施設から引き取りたいという冬馬に、伊万里は三人で暮らすことを提案した。小春そっくりに整形した顔を見せ、お望みなら体を差しだしてもいいと言うと、冬馬は伊万里に憐れみに満ちた眼を向け、吐き捨てるように「……キモ」と言った。

なにも言い返すことができなかった。

そう、わたしはキモチワルイ。友達の顔を乗っ取り、その顔を武器に体を売って、お金のためなら排泄器官さえ犯させる女だ。

「あおおっ……おおおおっ……」

気がつけば、低い声を出しながら滂沱《ぼうだ》の涙を流していた。脂汗もすごいし、涎も垂らしつづけている。シーツに押しつけている顔はもうぐちゃぐちゃだ。

最低だった。冬馬に蔑まれた心の傷は、たぶん一生のトラウマになるだろう。だが、冬馬は間違ったことを言っていない。わたしはキモチワルイ。お金のためにやっているはずのアナルセックスが、次第に気持よくなってきている。ヌルッ、ヌルッ、とペニスがすべる感触の虜《とりこ》になろうとしている。

「あおおおおーっ！　あおおおおーっ！」

獣じみた声をあげて、伊万里は手放しでよがりはじめた。ジタバタと手足を動かすと、財津が両手をぎゅっと握ってきた。伊万里をベッドに押しつけながら、いきり勃ったペニスで肛門を犯しつづける。

「すっ、すごかっ……すごか締まりったいっ……」

「イッ、イグッ！　イグウウウーッ！」

初めてのアナルセックスにもかかわらず、伊万里はオルガスムスに達した。前の穴でイクのとはまるで違う、苦しさの果てにそこから一瞬だけ解放されるような、暗黒の闇に電光石火の光が走り抜けていくような、そんな絶頂感だった。

本当に気持ちが悪くて最低な女だ——排泄器官でイッてしまい、伊万里の心は千々に乱れていた。それでも、我に返ることは許されなかった。地獄のような自己嫌悪に陥りたくないなら、自分が誰だかわからなくなるまで快楽に翻弄されつづけるしかない。

「あんた、男に抱かれるために生まれてきたおなごばい」

汗と涙と涎にまみれた顔に、財津の生温かい舌が這ってくる。

「抱けば抱くほど、抱き心地がようなる。気をやればやるほど、別嬪《べっぴん》さんになっていく……」

たしかにそうかもしれない。

「前に……ヴァイブも……入れてほしいです……」

伊万里は絶頂の余韻に体中をぶるぶると震わせながら、ふしだらなおねだりを口にした。

4

「五百万の約束やったな」

帰り支度を整えた財津は、ブリーフケースから帯付きの札束を出し、それを五つ、テーブルに積んだ。

「ありがとうございます」

伊万里は腰を折って深く頭をさげた。まだバスローブ姿のままだった。伊万里が事後の放心状態に陥っている間に、財津が帰り支度を整え、先に帰るのがいつものルーティーンなのだ。

「残念ばい。あんたほど抱き心地んよかおなご他におらんけん、しばらく落ちこみそうや」

「……すいません」

もう一度深く頭をさげる。財津と会うのは、今日が最後ということになっていた。いや、財津だけではなく、博多でスポンサーをしてもらっている男たちとは、すべて手を切る。

餞別《せんべつ》をくれるなら最後に好きなプレイに付き合ってもいいともちかけてみたら、

誰もが快諾してくれた。ＳＭの女王様のようなことをさせられたり、野外で放尿するところを見られたりした。

もっとも高額を提示し、どの男よりもハードなプレイを求めてきたのが財津だった。伊万里は受け入れた。財津はこの土地でいちばん太いスポンサーだったから、アナルヴァージンを捧げたことに悔いはない。

「最後にいっぺんだけ言うばってん……」

部屋から出ていきかけた財津が、ドアの前で振り返った。

「金ならなんぼでも出しちゃるから、わしだけのもんにならんね？」

伊万里はどういう顔をしていいかわからなかった。言葉を返せないまま黙っていると、財津は少し淋しげな笑みを残して部屋から出ていった。

急に静かになった。先ほどまでの熱狂が嘘のようだ。後ろの穴をペニスで犯されながら前の穴に振動するヴァイブを入れられると、伊万里はほとんど半狂乱になり、数えきれないほどの絶頂をむさぼった。

「ふうっ」

息を吐きだし、レースのカーテンを開ける。ここは地上二十階、博多の街が見渡せる。クリスマスも過ぎた年の瀬の夜景はどことなく厳かで、窓を閉めているのに凛《りん》とした空気まで感じることができそうだ。

いままで何度見たかわからないこの夜景も、これで見納めだった。

明日、朝いちばんの飛行機で、伊万里は東京へ向かう。明後日には大晦日だから、なんだか夜逃げをするみたいだが、もう博多には戻ってこない。

伊万里は十八歳のとき、純聖女子大に入学するために上京した。夢と希望で胸をいっぱいにふくらませていたが、二十五歳になったいま、そんなものはない。愚かだった若き日の自分への憐憫《れんびん》と、見上げるほどに高く積もった後悔があるだけだ。

ただ、たった二十五年しか生きていなくても、掛け替えのないものは見つかった。今回の上京は、それを取り返すための討ち入りのようなものだった。

小春を冬馬から取り返すのだ。

施設に連絡を入れて確認したところ、冬馬は年明けには小春を引き取るつもりらしい。そういう段取りで打ち合わせが進んでいるという。

なるほど、小春が普通の暮らしに耐えられるようになったのなら、血を分けた弟である冬馬が引き取るのが筋だろう。もともとふたりで住んでいたのだし、冬馬が経済的にやっていける自信があるなら、黙って見守ってやればいいのかもしれない。

しかし、伊万里にも伊万里の言い分があった。自分には、小春を引き取る権利があるはずだった。

小春が自殺未遂をした六年前、再婚したばかりだというふたりの実母はあてにできず、冬馬は高校生だった。伊万里が体を張ってお金を用立てなかったら、小春は施設に入ることもできず、冬馬から学業の時間を奪っただろう。最悪の場合、ふたり揃って引きこもりになって共倒れ、という悲惨な事態に陥っていた可能性だってなくはなかったはずだ。伊万里は小春だけではなく、冬馬も救った自負がある。

恩に着せたいわけじゃないが、年間一千万以上の費用を六年間も出しつづけるのは、生半可なことではない。みずからの意志で飛びこんだ売春稼業とはいえ、メンタルは日々削られつづけ、未来のことを考えると夜も眠れなかった。

それでも小春のために、泥にまみれて頑張ってきた。小春の存在だけが支えだった。なのにどうして、その支えを唐突に奪おうとするのだろう？

冬馬は賢い子だから、伊万里がどういうやり方でお金をつくっているか、薄々勘づいているのかもしれない。伊万里にそういうことをさせたくなくて、自分が小春を引き取ると言いだした可能性も大いに考えられる。

しかし、もう遅いのだ。いまさら昔には戻れない。穢れのない女に戻れない以上、穢れたまま生きていくための心の支えを奪わないでほしい。

レースのカーテンを閉め、冷蔵庫から缶ビールを出して飲んだ。妙に感情が昂っているのは、初めて経験したアナルセックスの熱気が、まだ体の奥に残っているからかもしれない。

それを冷ますために、缶ビールを呷《あお》る。冬馬を敵視するのはよくないし、彼ならきちんと話せばわかってくれるはずだという期待も、心の片隅に残っている。

いまは楽しいことだけを考えようと、キャリーケースからノートパソコンを取りだした。普段はあまり使わないが、ここ最近は寝る前に何時間もネットサーフィンをしている。

小春と住む家を探しているからだ。

最後に荒稼ぎもさせてもらったし、その前からお金は貯めこんでいるので、新生活を始める予算は潤沢にあった。女がふたりで住むための小さな戸建てやマンションなら、キャッシュで買える。

小春はどんな新生活を望むだろう？　空気のいい静かな田舎町で、眼が見えなくても暮らしやすい平屋の戸建てに住むのが、伊万里の理想だった。仕事をしなくても、三年くらいなら生きていける。のんびりとガーデニングでもしながら、ふたりで将来のことをじっくり考えればいい。

ただ、冬馬は東京に住みつづけるようなので、スープが冷めない距離に住むのもいいのかもしれなかった。伊万里と小春が同居することを認めてくれるなら、そこは妥協できる。いや、むしろ昔みたいに楽しくやれるかもしれない。

胸に鋭い痛みが走った。

「……キモ」と吐き捨てられた男と楽しくやれるわけがない、ともうひとりの自分が言う。その前に伊万里は、「抱けるお姉ちゃんになってあげる」などと、とんでもないことまで口走っている。軽蔑されているに違いないし、軽蔑されていないほうがむしろおかしい。いくら取り乱していたとはいえ、思いだすと死にたくなってくる。

「無理よね、やっぱり……」

伊万里はマウスを操作して、不動産関係のサイトからＹｏｕＴｕｂｅに飛んだ。冬馬というしがらみがなければ、日本全国どこにでも住むことができる。北海道から沖縄まで、好きな土地を選んでいいと思うと、冷えかけていた心がじんわりと温かくなってきた。

ＹｏｕＴｕｂｅは本当に便利だ。様々な土地の住人が地元の様子を動画でアップしてくれているから、行ったことのないところでも、リアルに感じることができる。今日はどの土地を探索しよう？　北か南か、海か山か……。

「えっ……」

ＹｏｕＴｕｂｅのトップページには、閲覧記録から推薦される動画が羅列される。そのうちのひとつに、〈グッド・ドリームス伝説〉というのがあった。ＹｏｕＴｕｂｅでもＴｗｉｔｔｅｒでもＧｏｏｇｌｅの検索エンジンでも、いまだに事件のことを調べてしまうことがある。思いだしたくもない過去であるが、そうであるがゆえに、新たな誹謗中傷がされていないかどうか、気になって眠れない夜がある。

伊万里は自分の眼を疑った。新たに開設されたチャンネルのようだった。サムネイルは神宮寺教一本人で、白い歯を剝きだしにして笑っている。少し老けていたが、間違いない。

いったいどういうことだろう？

神宮寺は沖縄合宿で起こした輪姦事件で実刑判決を受けたから、まだ刑務所にいるはずでは……。

最初の動画を再生すると、カラオケボックスのパーティルームのようなところが映った。男ばかりが六、七人、長いソファにずらっと並んでいる。真ん中にいるのが神宮寺だ。誰も彼も、キラキラしたパーティハットを被ってはしゃいでいる。

「おつとめご苦労さまでしたー」

端っこの男が声を張り、シャンパンがポンポンと抜かれた。どうやら神宮寺は刑期を終えて出所してきたらしい。それにしても、こんな馬鹿騒ぎで出所を祝うなんて、反省の色がゼロではないか。

馬鹿にしている、と伊万里はマウスを持つ手を震わせた。輪姦に遭ったのは、沖縄合宿のときの被害者ふたりだけではないのだ。伊万里や小春を含め、泣き寝入りしている女が、百人単位で存在すると言われている。にもかかわらず、忌まわしいサークル名をつけたＹｏｕＴｕｂｅチャンネルを開設するなんて、いったいどういう神経なのだろう？

神宮寺はフルートグラスでシャンパンを呷ると、カメラ目線で饒舌《じょうぜつ》にしゃべりはじめた。

「俺はねえ、自分のやったことはやったこととして、罪をしっかり償ってきましたよ。塀の中の毎日は、本当にしんどかった……許せないのは、俺が逮捕された瞬間に手のひらを返した連中だよ。俺が女の子をアテンドしてやった芸能人、スポーツ選手、会社経営者、何人いると思ってるんだ。刑務所に差し入れ持ってきたやつなんかひとりもいない。おいしい思いをしておいて、〈グッド・ドリームス〉がレイプサークルだと汚名を着せてまわったやつまでいる。本当にナメてる。そいつらの悪事は、逐次さらしていきますよ。やばいこと全部暴露してやる。このチャンネルはそういう目的で開設されました。いいかい？　詫びを入れるならいまのうちだからな！　ダンマリを決めこんでいると、災難が降りかかってくるぞ！」

伊万里は唖然とするしかなかった。神宮寺は自分の罪についてひと言も詫びないどころか、暴露系ＹｏｕＴｕｂｅｒとなってひと儲けしようとしている……。

許しがたい暴挙だったが、衝撃はそのことだけに留《とど》まらなかった。画面にチラチラ映っている人影に、見覚えがあった。神宮寺をはじめ、ソファに座っているのは、おそらく〈グッド・ドリームス〉のＯＢだ。それよりあきらかに若く、けれども店員にも見えない男が、酒や料理をサーブしていた。

冬馬だった。

どうしてあの賢い冬馬が、こんな破廉恥極まりないパーティで使いっ走りをしているのか、伊万里は悪い夢でも見ている気分で画面を眺めつづけた。

第六章　冬の旅

1

「寒い……」

伊万里はトレンチコートの襟を両手でつかんで身を屈《かが》めた。東京の冬を甘く見ていた。こんなに風が冷たいなら、もっと分厚いコートを着てくるべきだった。マフラーや手袋もなく、足元もハイヒールでは、体の芯まで凍《い》てつきそうだ。

おまけに伊万里は、東京の地理に明るくなかった。実質半年も住んでいないのでしかたがないが、大田《おおた》区の六郷《ろくごう》なんて聞いたこともない場所であり、スマホの地図を頼りに目的地を探しても、しっかり迷ってしまった。気がつけば北風が吹きすさぶ、多摩川《たまがわ》の河川敷を歩いていた。海がもうすぐそこの下流のせいか、やたらと広い河川敷で、東京とは思えないほど空が高い。凧揚《たこあ》げではしゃいでいる子供たちの姿に、なんとも言えない気分になる。

一月も三週目に入っているが、成人式の連休もあったので、東京の街にはまだお屠蘇《とそ》気分が残っているようだった。十二月三十日に博多から上京してきた伊万里は、大晦日《おおみそか》も三が日も関係なく、自分のなすべき事を淡々と進めた。幸いなことに、年中無休で対応してくれる探偵業者が見つかったので、会いたい人間の所在地を特定してもらった。彼女に会うのは六年以上ぶりになる。今日は日曜日で、時刻は午後二時過ぎ。自宅にいてくれることを祈りつつ歩を進める。

寒さをこらえながら、なんとか目的地に辿りついた。探偵に渡された報告書から想像はついていたが、ずいぶんと年季の入ったアパートだった。外壁が黒くくすみきった二階建ての木造モルタルの建物で、ゆうに築五十年は経っていそうだ。

何度か深呼吸をしてから、赤茶色に錆《さ》びた外階段をのぼっていった。二階のいちばん奥の部屋に、目当ての人物は住んでいるはずだった。表札も呼び鈴もなかった。伊万里はかけていた伊達《だて》メガネをはずしてから、安っぽいベニヤ製の扉をノックした。

反応がなかった。「ごめんくださーい」と声をかけても同じだった。

少し待ってみることにしたが、外廊下なので冷たい風が吹きつけてくる。耐えがたい寒さに歯がガチガチと鳴りだした。足踏みをしてなんとかこらえた。出直したほうがいいかと思いはじめたとき、階段をのぼってくる足音が聞こえ、くすんだピンク色の中綿ジャケットを着たひっつめ髪の女が姿を現した。買物に行っていたらしい。肩にエコバッグをかけ、幼稚園児くらいの女の子の手を引いている。

西村栄美だった。

かつて〈グッド・ドリームス〉のスタッフで、六本木で行われた新歓イベントのとき、伊万里と小春を二次会に誘った女だ。待っていたのは、乱交パーティを装った輪姦レイプだった。この女はそれを知っていて、伊万里と小春を罠に嵌めた。

伊万里の顔を見るなり、西村栄美は息を呑み、顔色を失った。もちろん、伊万里の顔は小春の顔だ。彼女は自分の目の前に、小春が現れたと思っている。

「あなた……亡くなったんじゃなかったの？」

小春が自殺をしたという噂は、西村栄美の耳にまで届いていたらしい。噂というものは正確ではないと思い知らされたし、人の不幸はことさら人の耳目をひくのかと嫌な気分にもなったが、好都合だった。罪の意識が働いてくれれば、口を割らせるのが容易《たやす》くなる。

「ちょっと話があるんだけど、いまいいかしら？」

招かざる客である。ここがただの路上なら、彼女にしてもそそくさと逃げだしたに違いない。だが、自宅まで特定されていては逃げきれるものではない。

西村栄美は手を繋いだ女の子と伊万里を交互に見てから、

「散らかってるけど……」

諦め顔で部屋の鍵を開けた。

1DKとおぼしき室内は、笑えないくらいに散らかっていた。座る場所どころか、足の踏み場もない。空き缶や空き瓶、それにゴミ袋が床を覆い尽くし、ゴミ屋敷の一歩手前という感じである。

西村栄美は「寒い寒い」と手をこすりあわせながら、旧式の石油ストーブに火を灯《とも》した。探偵の報告書によれば、彼女はシングルマザーで、複数のパートをかけもちしながら、母子ふたりでなんとか生活しているらしい。

それにしても、と伊万里は啞然とした。生活の荒み方が尋常じゃなかった。

かつて新歓イベントで声をかけてきた彼女は、とびきりの美人とは言えないにしろ、垂れ目に愛嬌《あいきょう》があり、びっくりするほど胸が大きく、いかにも男にモテそうなタイプだった。

いまは見る影もない。不健康に太り、化粧をしていない顔には疲労の濃い翳《かげ》が浮かんで、まだ二十代のはずなのに若さをまったく感じなかった。アラフォーと言っても信じる人がいるのではないか？

「話ってなに?」

西村栄美は両手を石油ストーブにかざしたまま言った。部屋はいっこうに暖かくなる気配がなかった。すきま風がひどいからだ。

伊万里は話を切りだそうとしたが、

「ママーッ!」

女の子が西村栄美の綿入りジャケットをつかんで言った。

「おなかすいたーっ! ごはんまだーっ!」

「ちょっと我慢しなさい」

西村栄美が言っても聞き入れる様子がなく、ドタドタと地団駄を踏みはじめる。

「やだーっ! ごはんーっ! ごはんーっ!」

「ユメノッ! いい加減にしてっ!」

女の子の名前はユメノというらしい。「夢」という漢字を使っているのだろうかと思うと、口の中に苦いものがひろがっていった。

「……食べさせてあげなさいよ」

伊万里は溜息まじりに言った。

「そんなこと言ったって、つくらなくちゃなにもないもの」

「つくればいいわよ。わたし、待ってるから……」

お腹をすかせている子供に罪はないし、こんな状況では落ちついて話をすることもできないだろう。

西村栄美が料理をしている間、伊万里は居間に溜まったゴミを片づけた。ベランダがあったので、ゴミ袋をはじめ、空き缶や空き瓶もまとめてそこに出した。手袋入りのインスタントラーメンをつくるのに、西村栄美は三十分もかかった。手際が悪いというより、食器や鍋が汚れたままキッチンシンクに山盛りになっていて、料理をするためには、まずそれをなんとかしなければならなかったのだ。

おかげで伊万里は、居間に掃除機までかけてしまった。いったいなにをやっているのだろうと思った。インスタントラーメンができあがると、ユメノはどんぶりを持って隣の部屋に行った。石油ストーブの暖を届けるためだろう、襖《ふすま》が開けっ放しだったので、居間と同様に散らかり放題の部屋の様子がうかがえた。ユメノは平然とゴミ袋の上に座って食べはじめた。

「……ありがとう」

西村栄美は、足の踏み場ができた居間を見渡し、蚊の鳴くような声で言った。伊万里は首をすくめた。

「シンママなんでしょ？」

「……まあね」

「養育費、ちゃんと貰ってるの？」

咎めるような口調になってしまったのは、ゴミ袋に座ってインスタントラーメンをすっているユメノが、あまりにも不憫《ふびん》に見えたからだ。

「貰ってないわよ。誰の子かわからないんだから……」

伊万里は言葉を返せなかった。そこまでは、探偵の報告書に書いてなかった。

「大学時代にできた子だもん。ああいう生活してたら、そうなっちゃうでしょ？」

西村栄美が大学時代、どんな生活をしてたのか、伊万里は知らない。だが、想像することはできる。

彼女は新入生の女子に声をかけ、同性の先輩として油断させながら、乱交パーティの参加者――正確には輪姦レイプの被害者を確保する役だった。

同じ女として許せないが、彼女自身も乱交パーティに参加していた。それもまた、右も左もわからない新入生に同調圧力をかけるための振る舞いに決まっているが、普通に考えて、二十歳そこそこの若い女に、複数プレイを好むような性癖があるとは思えない。ある人もいるかもしれないが、サークルの男たちに汚れ役を押しつけられていた、と考えたほうが自然だろう。

重苦しい沈黙が、ふたりの間に横たわっていた。ずずっ、ずずっ、とラーメンをすする音だけが、隣の部屋から聞こえてくる。

「訴えればいいじゃない」

伊万里は言った。

「輪姦されて妊娠までして、どうして黙ってるの？」

同じ女として、それがどれほど厳しい選択なのかは理解している。伊万里にしても訴える勇気はなく、泣き寝入りを決めこんだのだ。

しかし、誰の子かわからない子供をひとりで育て、これほどまでの貧困生活を強いられているなら、話は別ではないだろうか？　刑事告訴は難しいかもしれないが、子供の将来を考えたら、弁護士を立てて、自分を抱いた男たちに養育費の請求くらいはしてみるべきではないか？

「できるわけないでしょう」

西村栄美は鼻で笑うように言った。

「わたし、あなたがなにしてたか知ってるのよ。あなたほど代表に寵愛《ちょうあい》されてなかったけど、あなたの前の前は、わたしがあなたの役だったから……表向きは恋人みたいに扱われても、裏ではなにさせられてた？　接待よね？　有名人やお金持ちの肉便器でしょう？　中に怖い人いなかった？　わたしはいた。どう見てもまともじゃない、反社の人に寄ってたかってオモチャにされて……」

衝撃のあまり、伊万里はまばたきも呼吸もできなくなった。西村栄美が「あなた」と言っているのは、伊万里のことではない。小春だ。伊万里は知らなかったが、小春はそんなことまでさせられていたのだ。

隣の部屋でドタンと音がしたので、伊万里は身をすくめた。空腹を満たしたユメノが、ゴミ袋に座ったまま眠ってしまったらしく、床に崩れ落ちたのだ。

西村栄美があわてて隣に行き、子供を抱きあげて万年床に横たえた。布団を掛け、寝かしつけると戻ってきて、生気のない眼で睨んできた。

「あなた、いったいなにしに来たの？」

地の底を這うような低い声で言った。

「昔の恨みを晴らしに来た？　だったら、さっさと晴らせばいいじゃない。恨まれたってしかたがないことをした自覚はあるから……」

生気のない眼から涙がこぼれ、頬を伝って顎まで流れ落ちていく。

「あれからもう六年？　七年？　そんなにしつこく恨んでるなら、いっそひと思いに殺してくれないかなあ。あの子も一緒にね……わたし、もう疲れちゃったよ……」

部屋の空気が重くなった。涙を流せば追い払える、と彼女が考えているかどうかはわからない。元〈グッド・ドリームス〉のスタッフなら、それくらいの芝居は打ちそうな気もしたが、「わたし、もう疲れちゃったよ」という言葉には真実味があり、魂の叫びにしか聞こえなかった。

「最近……」

伊万里は自分を奮い立たせて訊ねた。

「神宮寺が出所してきたの、知ってる？」

「知らない！」

西村栄美は叫ぶように言うと、わっと声をあげて両手で顔を覆った。

「あの人たちのことは、もう思いだしたくない！　代表が逮捕されてからサークルとは縁を切ったし、二度と関わりあいたくない！」

しゃがみこんで、少女のように泣きじゃくりはじめた。取りつく島がなかった。伊万里は結局、肝心なことをなにひとつ問いただせないまま、その場をあとにするしかなかった。

2

伊万里が探偵業者に調査を依頼した人物は、西村栄美ひとりではなかった。

志賀英光――〈グッド・ドリームス〉の二次会で最初に伊万里を抱き、バーベキユーパーティのテントの中でも輪姦の指揮をとった、あの忌まわしき男についても調べてもらった。

探偵に渡された報告書を読んで驚いた。志賀の父親は元国土交通省の役人で、現在は財団法人の理事長に天下っているらしい。

要するに、上級国民というわけだ。そのコネなのかなんなのか、大手不動産会社の東京本社勤務だという。なるほど、大金を払ってまで伊万里の口を塞ごうとしたわけだ。

実家は渋谷区松濤《しょうとう》にあるらしいが、現在は自由が丘《じゆうおか》にあるマンションでひとり暮らし。優雅に独身生活を満喫中らしい。西村栄美とはえらい違いだ。

伊万里は私鉄を乗り継いで自由が丘に向かった。

まだ外が明るい時間だった。パートの掛け持ちで疲れ果てているシングルマザーと違い、志賀は自宅にいないような気がした。それでもスマホの地図を頼りに、賑《にぎ》やかな駅前から、ゆるやかな坂道をのぼって閑静な住宅街へ向かう。

志賀の自宅は、洒落た低層階のマンションだった。予想通り、一階のエントランスで部屋番号を押しても反応はなかった。伊万里は駅前に戻ってカフェに入り、一時間ほど時間を潰してからもう一度訪ねていった。やはり不在のままだった。

陽が傾きはじめ、酒場の開く時間になったので、居酒屋に入って食事をした。女がひとりで入れそうな店が複数軒あったのはありがたかった。店を出てマンション に行っても、志賀はやはり不在。イタリアンバールでワインを飲み、その次は本格的なバーでカクテルを飲んだ。

いい加減酔ってきた。駅前から住宅街へ向かうゆるやかな坂道でも息が切れるようになった午後八時過ぎ、やはり不在だったと落胆しながら駅に戻ろうとすると、向こうからひと組のカップルが歩いてきた。

女はウールのロングコートにアンクルブーツ、派手な柄のマフラーを首に巻いて手袋まで嵌めている。暖かそうで羨ましかったが、隣にいる男が恋人だと思うと、羨望の気持ちも一瞬で冷めた。

志賀だった。筋骨隆々の体をブランドもののダウンジャケットでさらに大きく見せ、髪を横分けに撫でつけた姿は、エリート・サラリーマンの優雅な休日という雰囲気だが、中身は品性下劣な人間のクズだ。

伊万里は立ちどまり、こちらに歩いてくる志賀を見つめた。視線に気づいた志賀が、眼を丸くして驚く。すぐに険しい表情になり、隣の女の肩をつかんで立ちどまった。

「悪い、今日は帰ってくれ」

伊万里から視線をはずさず、女に言った。女は訳がわからないという顔をしている。きゅっと眉根を寄せて伊万里を睨む。

「あとで電話するから、言うことをきいてくれ。頼む」

志賀は女の背中を押し、半ば無理やりにいま来た道を戻らせた。女は何度もこちらを振り返っていたが、志賀は無視して伊万里に近づいてきた。

「幽霊か？」

こわばった顔で訊ねられ、

「おばけを信じるタイプには見えないけど」

伊万里は薄く笑った。

「ちょっと話があるの。いいかしら？」

志賀は一瞬ためらったが、眼顔でついてこいと伝えてマンションに向かった。オートロックのエントランスを抜け、三階の部屋に通された。

モデルルームかドラマのセットのように、スタイリッシュな部屋だった。生活感がないかわりに、下心だけが漂っている。ムーディな間接照明も高級そうな革張りのソファも、女を手込めにするための道具だろうと思うと、鼻白むしかない。

「どうぞ」

ソファを勧められたが、伊万里は座らなかった。志賀は勝手にしろという顔で、ひとりソファにふんぞり返った。

「長居するつもりはないからおかまいなく。ちょっと訊きたいことがあるだけ。〈グッド・ドリームス〉の神宮寺が……」

「おい」

志賀が遮った。訝しげに眉をひそめて顔をのぞきこんでくる。

「おまえ、小春じゃないな」

伊万里は息を呑んだ。

「その声は……伊万里か？」

さすが肉体関係があった男だ、と少し感心した。西村栄美のように見た目だけでは騙せなかったらしい。

「ハッ、ずいぶん派手に顔をいじったんだな。しかも小春そっくりに……自殺した友達の供養ってわけか？」

「わたしは出所した神宮寺について知りたいことがあるだけなの。波瀾万丈《はらんばんじょう》の自分語りをしなくちゃダメかしら？」

「神宮寺？　YouTube見たのか？」

伊万里がうなずくと、志賀は「はーっ」と太い息を吐きだした。

「あそこに映ってるのがすべてだよ。刑務所の中でなにがあったのか知らねえが、あいつは壊れちまった。出所してすぐ、やつは昔の仲間に集合かけたんだ。俺も呼びだされた。言ってることが支離滅裂でね。啞然としたよ。いまさら昔のことをネットにさらしてどうするんだ？　ほとんど恐喝じゃないか。詫びを入れろなんて言ってたけど、要するに金持ってこいって話だからな……」

言葉を継ぐほどに、志賀は感情的になっていった。語気に憤怒が滲み、ひどく苛立っているのがわかる。

「やつが刑務所に入ってた六年の間に、みんなそれぞれ社会人として地歩を固めて、頑張って自分の人生を歩いている。ヤリサーではしゃいでた大学時代とは違うんだよ。でもまあ、当時仲間だった連中の中にはうまくいっていないやつもいる。会社に馴染めなくてパチプロになったり、安い時給で高卒の上司にコキ使われてブチ切れそうになってたり……過去の栄光にすがりつきたい連中がね。それがあのＹｏｕＴｕｂｅに映ってた取り巻きだよ。神宮寺にくっついとけば、金と女には困らないと思ってるんだろ。いい歳して馬鹿としか言い様がないぜ……」

志賀の苛立ちの裏側には、怯えが潜んでいるような気がしてならなかった。もしかすると、志賀もまた、神宮寺に脅されているのかもしれない。仲間にならないなら、昔の悪事をさらすぞ、と。

「この人、誰だか知ってる？」

伊万里はスマホを出し、画面を向けた。〈グッド・ドリームス伝説〉で、使いっ走りをしていた冬馬の画像だ。志賀が身を乗りだしてスマホをのぞきこむ。

「んっ？　神宮寺の出所祝いで会ったな。うちの大学の後輩で、イベサーの代表やってるらしい。やたらと女に顔が利くって誰かが言ってたな。〈グッド・ドリームス〉に憧れてるとかで、要するに神宮寺みたいになりたいんだろ。チケットさばいて金儲けして、女使ってスポンサー引っぱって……」

伊万里は鈍器で後頭部を殴られたような衝撃を受けていた。

「いや、俺だって一回会っただけだから詳しくは知らないよ。でもあんまり頭はよくないよな。まだ在学中なのに、うちの大学の恥部みたいなやつのチャンネルに出たりしてさ……」

にわかには信じられない話だったが、とりあえず志賀に会った目的は達せられた。もう帰ってもよかったけれど、最後にひとつだけ言っておきたいことがあった。

「西村栄美さん、知ってるわよね？」

「……ああ」

「子供がいるのも？」

「知らねえよ。もう何年も会ってないし、そういえば噂も聞かない」

「いるのよ、子供。シングルマザーで育ててるの」

「へー、そりゃ大変だな」

「ものすごくお金に困ってるみたいでね。養育費ちゃんと貰ってるのって訊いたら、誰の子かわからないから貰えないって……大学時代にできた子なんですって。サークルで輪姦されたとき……」

「輪姦なんかしてねえよ！」

志賀が声を荒げた。

「あいつは根っから乱交が大好きなヤリマンなんだよ。そいつが妊娠して、誰が親かわからない子供を産んだって、自業自得だろ」

「そうかもしれないけど、少しくらい助けてあげてもいいんじゃない？」

伊万里は咎めるような眼で志賀を見た。新歓イベントの二次会で、伊万里は志賀に抱かれた。最初はふたりきりだったが、終わると裸のままみんながいるリビングに連れていかれ、名前も知らない男にふたりがかりで犯された。

志賀はその隣で、四つん這いになった西村栄美を後ろから突きあげていた。彼女はたしかに抵抗していなかったし、それどころかびっくりするくらい激しくよがってオルガスムスをむさぼっていたけれど、志賀と肉体関係があったのは事実だ。おそらく、あの一回だけではない。

「あのな……」

志賀はやれやれというふうに首を振った。

「俺たちは女を妊娠させたくて乱交してたわけじゃない。みんなで楽しくやりたかっただけさ。だから俺は絶対にゴムを着けたし、俺の目の前で生で突っこんだやつもいない。おまえにもそうだったろ？　きちんと避妊してたじゃないか」

「コンドーム着けたからって、一〇〇パーセント避妊できるわけじゃないでしょ」

「ゴムが破れたとか？　だったら、女に相手の心あたりがあるはずじゃないか。そいつのところに言いに行けよ」

「〈グッド・ドリームス〉は反社と関係があるから、怖くてなにも言えないって」

志賀の顔色が変わり、眉間に皺を寄せて立ちあがった。伊万里も小柄なほうではないが、志賀は見上げるほど背が高い。

「なにが言いたいんだ？」

肩を押された。軽くだったが、志賀の表情は険しくなっていくばかりだ。

「あのヤリマンに金を出さないと、反社がどうとか言いふらすっていうのか？　神宮寺と同じやり方だな。そういうの恐喝っていうんだぜ」

「わたしはべつに……」

ドンッ、という衝撃がきた。今度は強い力で肩を突き飛ばされたので、伊万里はソファに尻餅をついた。志賀が身を翻して襲いかかってくる。伊万里はあお向けに倒され、あっという間に馬乗りになられた。

「昔はどうとか、もうやめにしないか？　終わった話じゃないか……」

志賀は眼を細め、諭すようにささやいてきた。

「悪いことをまったくしてないとは言わない。おまえには悪いことをしたよ。おまえ、最初俺にやられたとき、俺のことを好きになったろ？　わかってたし、俺もけっこう気に入ってた。嘘じゃないぜ。でも、ああいう場だとそういうことは許されないんだ。俺だけがおまえを独占して、ふたりでラブラブってわけには……だから、傷つけちまったおまえには、謝罪もしたし、誠意を見せて金だって払ったじゃないか。俺はそんなに悪い人間かね？」

志賀の大きな手が、伊万里の頰を包んでくる。視線と視線がぶつかりあう。上体を覆い被せて、キスをしようとしてきたので、

「そこまでよ」

伊万里は冷たく言い放った。

「それ以上したら、こっちも遠慮しないから。わたしもう、田舎から出てきたばかりのお馬鹿な新入生じゃないの」

志賀が異変に気づき、馬乗りになっている自分の腹部に眼をやった。ペティナイフが突きつけられていた。刃渡り十三センチ。伊万里が右手でグリップを握りしめている。

「ハッ、凶器持参かよ……」

「力ずくでうやむやにすることが得意な人に、丸腰で会うわけないじゃない」

そのペティナイフは、十八歳のときに買ったものだった。刃にはダマスカス模様、グリップはブルーターコイズの人工大理石。いつも食事をつくってくれている冬馬に、お礼を兼ねてプレゼントしようと思っていたのだが、渡しそびれたままずっと伊万里が持っていた。

「刺してみろよ」

志賀が余裕綽々《しゃくしゃく》で笑う。

「血がドバーッて出て、おまえにもかかるぜ。やってみな」

伊万里が眼を泳がせると、志賀はさっと手首をつかんできた。

「ほら、やってみろよ」

志賀はやすやすと伊万里の右手をコントロールした。ペティナイフがダウンジャケットを引き裂く。白い羽毛がひらひらと宙に舞う。

「女の浅知恵だな。刃物なんて出したって、相手をどうこうできるもんじゃない。殺しちゃったらどうしようって、ためらっちゃうんだよ。護身用なら、スタンガンか催涙スプレーをおすすめする」

骨が砕けそうなほど手首を握りしめられ、伊万里はナイフを床に落とした。

「おとなしくしないと、殺人未遂で警察に突きだすぞ」

伊万里の両手を押さえた志賀は、再び上体を覆い被せてきた。キスをされそうになっても、伊万里は顔を振って抵抗した。志賀が下卑た笑みを浮かべながら、嬉々《きき》として頬にキスをしてくる。チュッ、チュッ、と音をたてて……。

「最近の整形ってのは、ホントすげえな。こんなに近くで見ても、小春にそっくりだ。あの子は神宮寺レディだったから、俺は指一本触ってない。触りたかったし、抱きたかった。今日は昔の夢が叶いそうだ……」

志賀の本気が伝わってきたので、

「やっ、やめてっ……」

伊万里はいまにも泣きだしそうな顔で首を振った。この体は穢されようが、慰みものにされようが、どうだってよかった。言いなりになるふりをして反撃のチャンスをうかがう、という選択肢だってある。

しかし、志賀がいま犯そうとしているのは、伊万里ではなく小春だった。そんなことだけは、断じてさせるわけにはいかなかった。

そのとき――。

玄関で物音がしたので、志賀の動きがとまった。女が部屋に入ってきた。先ほど、マンションの前で志賀に追い返された女だ。合鍵を持っていたらしい。

「なにやってるの……」

女が呆然とした顔で言ったので、

「いや、違うんだ……」

志賀は上体を起こして言い訳しようとした。その股間を、伊万里は思いきり蹴りあげた。志賀は野太い悲鳴をあげ、床に転がって悶絶した。伊万里は素早くペティナイフとバッグを拾い、玄関から飛びだした。

3

ＹｏｕＴｕｂｅチャンネル〈グッド・ドリームス伝説〉は、毎日のように動画をアップしていた。
内容は耳を疑うようなものばかりだった。あの男性アイドルが乱交パーティに参加した、あの大物俳優が未成年と淫行した、あのスポーツ選手は複数の女とベッドインするハーレムプレイが大好きだ、どこそこの社長はスカトロマニアのド変態
――すべて固有名詞入りで暴露していた。
ただ、「証拠はあります。動画が残っているから今度さらします」と言うわりにはいっさい証拠は提示されないので、大手メディアはスルーしていたし、槍玉《やりだま》にあ

げられた有名人も名誉毀損で訴えなかった。「頭がイカれているやつがなにかわめいている」というのが、世間一般の評価だったと言っていい。

しかしその一方、動画視聴回数は鰻上《うなぎのぼ》りで、チャンネル登録者はあっという間に五十万人を突破したから、影響力が皆無とは言えなかった。いまはスルーを決めこんでいる大手メディアも、決定的な証拠を出されたら動かざるを得ず、固唾《かたず》を呑んで動向を見守っているという感じだった。

動画は基本的に、神宮寺がひとりでカメラに向かってしゃべりつづけている。最初のパーティ動画以降、画面に冬馬が映ることはなかった。とはいえ、志賀の言葉を信じるなら、冬馬が神宮寺と関わっている可能性は低くないように思われた。冬馬がどういうつもりなのか、確かめないわけにはいかなかった。

志賀の元から命からがら逃げだした翌日、伊万里は冬馬を訪ねた。南房総の施設に確認したところ、小春はまだ引き取られていなかったので、引っ越しはしていないと判断し、早朝から広尾のマンションに押しかけた。

「なんなんですか、こんなに早く……」

インターフォン越しに聞こえてきた冬馬の声はひどく不機嫌そうだった。まだ午前七時過ぎだから無理もない。

「ちょっと話があるから、あがらせて」

半ば強引にオートロックを解除させ、部屋に乗りこんだ。

博多から上京してきた伊万里の目的は、たったひとつだけだった。

小春を引き取り、一緒に暮らす——そのためにはまず、冬馬を説得しなければならない。

冷静に話しあえば、それほど難しいことではないと思っていた。これから社会に出ていく冬馬にとって、眼が不自由な姉と同居することは、なにかにつけて足枷《あしかせ》になるだろう。彼の将来のためにも、自分が小春を引き取ったほうがいいと確信していた。

しかし、そういう話の前に、冬馬の素行を問いたださなければならなくなった。やけに金まわりがよさそうなのは、神宮寺の真似をしているからなのか？　そうだとすれば、放っておくわけにはいかない。

「あんた、いったいなにやってんの？」

部屋に入るなり、伊万里は尖った声で食ってかかった。部屋着なのか寝巻きなのか、冬馬は毛玉だらけのスウェットスーツ姿だった。思い出したようにメガネをかけ、うるさそうに伊万里に背中を向けたが、関係ない。

「イベサーでお金儲けしてるらしいけど、まさか女を食いものにしてないわよね？」

「なんですか、食いものって？」

「とぼけないで。わたし、ＹｏｕＴｕｂｅにあんたが映ってるの見たし、〈グッド・ドリームス〉のＯＢに裏もとったの。神宮寺の取り巻きなんですってね？　あの男の真似をしてお金儲けなんかしてたら、わたし、絶対許さないよ」

「そう言われたって……」

冬馬はヘラヘラと笑いながらベッドに腰かけた。伊万里は立ったままだ。

「僕はただ、出会いの場を提供してるだけですよ。彼女が欲しい男と、彼氏が欲しい女のマッチング……大学のサークル活動なんて、そういうもんじゃないですか？　ナントカ研究会とか名乗ってても、要するにやりたいだけなんですよ。男もそうだし、女もそうだ。その点、〈グッド・ドリームス〉は本音で勝負してましたから、尊敬できます。お題目抜きで合コン、クラブイベント、夏は海、冬は雪山……セックスの匂いしかしないけど、そこがいい」

「あんた、本気で言ってるの？」

伊万里は呆れた顔で言った。

「わたしと小春が〈グッド・ドリームス〉に関わって、どんな目に遭ったか知らないわけじゃないでしょう？」

伊万里の口から説明したことはないが、実の姉が自殺未遂を起こした理由を、冬馬が知らないわけがなかった。表層的なことはすぐに調べられる。伊万里と小春が性器をさらしてピースサインをしている画像は、いまでもネット上に残っている。まとめサイトなどを見れば、〈グッド・ドリームス〉がレイプサークルと糾弾されている理由も読むことができる。

「騙されるほうが悪いってやつじゃないですか？」

冬馬は笑いながら言った。メガネの奥の眼だけは笑っていなかった。

「単純に頭が悪かったから、ひどい目に遭ったんですよ。伊万里さんも、姉ちゃんも……」

「冬馬っ！」

「大きい声出さないでくださいよ。だってそうでしょう？　姉ちゃんは東京来るなり日に日に派手になっていくし、伊万里さんだってパンツが見えそうなミニスカ穿いて、生脚丸出しで歩いてて……見てて恥ずかしかったですもん。誰かわたしをお持ち帰りして、って顔に書いてあるみたいだったんですよ？」

伊万里は唇を震わせた。言い返せなかった。たしかにそうかもしれない。そうかもしれないが……。

「結局、人間って二種類しかいないんですよ。食うか食われるか……僕は食うほうにまわりたかった。幸い、食われたがっているサンプルが身近にふたりもいましたから、思考回路はよくわかってます。そういう意味では、姉ちゃんと伊万里さんに感謝しなくちゃいけないですね」

足をしっかり踏ん張っていないと、伊万里はその場に卒倒してしまいそうだった。冬馬はこんな人間ではなかったはずだ。賢くて、ナイーブで、姉思いで、若いのに気遣いができて……いつから、こんなクズみたいな男になってしまったのだろう？

「こっ、小春は……」

「姉ちゃんは僕が引き取ります」

冬馬が遮って言った。断固たる決意が伝わってくる口調に、伊万里は気圧された。

「神宮寺の真似して稼いだお金で小春を養って、小春が喜ぶと思う？」

「姉ちゃんにはバレませんよ、馬鹿だから」

冬馬はきっぱりと言いきった。

「そんなこと詮索する頭があるなら、まず施設に払ってた金の出所を考えるんじゃないですか？　六年間で七千万以上ですよ？　まともなことやって稼げる額じゃない」

咎めるような視線を向けられ、伊万里は眼をそらした。

「僕も詮索はしません。感謝しているからです。それはもう、心から……」

冬馬は急に神妙な顔になり、立ちあがった。伊万里に近づいてきて、両手で双肩をつかんだ。強い力だった。

「でも、もう大丈夫ですから……僕がうまくやりますから……いつまでも姉ちゃんの犠牲になってないで、伊万里さんは伊万里さんの人生を生きてください」

4

伊万里は上京してから、上野《うえの》のビジネスホテルに泊まっていた。上野にした理由は、知らない街だったからだ。思い出がない場所がよかった。

必要最低限のものをなるべく廉価で揃えたことを誇っているような無機質なシングルルームは、まるで刑務所の独居房のようだった。入ったことはないが、映画やドラマで見たことはある。値段の安さに惹《ひ》かれて決めたホテルだったが、最初に見たときはあまりの狭さに笑ってしまった。

伊万里は部屋に戻ってくると、靴とコートだけを乱暴に脱いでベッドにダイブした。冬馬の部屋にいたのは二十分くらいなので、いつも賑わっている上野の街もまだ一日が始まっていない感じだったが、伊万里は何年分ものエネルギーを使い果たしたようにぐったりしていた。

伊万里さんは伊万里さんの人生を生きてください――冬馬に言われ、伊万里は絶句してしまった。わたしの人生っていったいなんだろう？　と思った。

デジタルタトゥーで未来を失い、顔を捨てて売春稼業に身をやつし、唯一無二の友達を救ってあげられたのはいいとして、最終的には信じていた人間に裏切られる……。

人は不変ではない。十五歳の高校生が二十二歳の大学生になれば、昔と同じではいられないのかもしれないが、いくらなんでもあんまりだった。

広尾から上野まで戻ってくる電車の中で、冬馬がどうやってお金を稼いでいるのかをずっと考えていた。

イベントのチケット売上が、主な収入源であることは間違いない。だが、チケットを売りさばくには、自分の手足となって汗をかいてくれる末端メンバーが必要だし、そういう人間には餌がいる。まとめてチケットを引き受けてくれたり、クラブ等のイベント会場に太いパイプをもっていたり、企業から協賛金を引っぱってこられる大人のブレーンがついていてくれれば盤石だが、そちらには末端メンバー以上の大きな見返りが必要だろう。

十八歳のころは、神宮寺率いる〈グッド・ドリームス〉の運営体制なんて、まったく知らなかった。はっきり言って興味がなかったし、大学公認のサークルなのだから、高校の部活動に毛が生えた程度のものだろうと思っていたが、とんでもない間違いだった。

イベサーは儲かるのだ。餌となり、見返りとなる若い女をたくさん押さえているからだ。博多で六年間も裏社会に身を沈めてわかったことがある。売春ほど元手がかからずボロ儲けできる商売はない。若くて綺麗な女なら、裸になって股を開くだけで、常識的には考えられない大金を稼ぐことができる。

イベサーは若くて綺麗な女の宝庫だった。おまけにみんな発情している。売春婦は金を貰わないと股を開かないが、イベサーの女はそうではない。上手《うま》く手懐《てなず》ければ金なんてかからない。

暗澹《あんたん》とした気分になってくる。

冬馬も手懐けているのだろうか？　右も左もわからない新入生女子に大量の酒を飲ませ、あの広尾のマンションに連れこんで、仲間と一緒に乱交パーティ——同調圧力によって抵抗できなくなった新入生の弱味をつかめば、綺麗どころはスポンサーへの貢ぎ物。ランクの低い女は末端メンバーの餌にして、求心力を得ていく……。

吐きそうだった。そういうやり方で、小春は神宮寺に処女を奪われた。伊万里は昨日まで知らなかったが、西村栄美の話だと、裏では反社の接待までさせられていたらしい。

冬馬はわかっているのだろうか？　小春がみずから死を選びたくなるほど追いつ

められたのは、デジタルタトゥーのせいだけではない。

大切なものを踏みにじられたからだ。被害者なのに、おまえが馬鹿だからと言われつづけたからだ。馬鹿なことは認めてもいいが、馬鹿な女にだったらなにをしても許されるのか？

胸がむかむかしているのに、同時に下腹が異常に熱くなっていた。冬馬が乱交パーティに参加しているところを想像してしまったからだった。帰りの電車の中から、いや、冬馬の部屋にいるときから何度も脳裏をよぎり、そのたびに打ち消そうとしているが、どうしても消せない。

サークルの代表なのだから、冬馬の立場は新歓イベントの二次会における神宮寺、あるいはバーベキューパーティにおけるテントの中の志賀のようなものだろう。自分より背が低かったあの冬馬が指揮をとり、女を辱める輪姦レイプを行っている……。

いままでなら想像することもできなかったろうが、伊万里は今日、冬馬の本性を目の当たりにしてしまった。小春のことを「馬鹿」と言い放った冬馬なら、そういうことだってやるかもしれない。

贔屓目《ひいきめ》抜きに見ても、いまの冬馬はモテそうだった。

小春の弟だから、もともと顔立ちは整っている。しかも、小春と違って頭がいいので、高校生のときからいかにも賢そうな雰囲気をまとっていた。二十二歳になったいま、背が伸びて骨格もとても男っぽくなった。そのくせ若い男にありがちな暑苦しさがなく、五月の風のようにさわやかだ。

甘い言葉で誘いをかけられれば、なにも知らない新入生は夢見るような瞳でついていってしまうに違いない。自分なら間違いなくついていくだろう。しかしその先に待っているのは、欲望に眼をギラつかせたサークルの手下たちだ。

お持ち帰りしてくださいと顔に書いてある、馬鹿な伊万里はどうされるのだろう？　みんなの前で冬馬に犯されるのか、それともみんなに犯されるところを冬馬に見られるのか？

ぶるっ、と体が震えた。うつ伏せだった体をあお向けにすると、そんなことをするつもりはなかったのに、両膝が立った。じりじりと膝の間が離れていき、スカートがずりさがってくる。

眼をつぶれば、そこに冬馬がいた。膝を立てて脚を開き、下着を見せている馬鹿な女を蔑みに満ちた眼で眺めていた。

伊万里の呼吸はもう、ハアハアとはずみだしていた。額には脂汗が浮かんでいる。自慰などしてしまったら、途轍《とてつ》もない自己嫌悪に襲われるだろう。わかっていても、右手がスカートの中に入っていき、股間に這っていく。肝心なところに触れる前から、じっとりと湿っぽい熱気が指にからみついてくる。

「んんーっ！」

下着の上から割れ目を軽くなぞっただけでくぐもった声がもれて、腰が跳ねあがった。瞼の裏の冬馬は、伊万里に触れていなかった。手下の男たちが、寄ってたかって服を奪ってくる。

伊万里はその日、白いシャツにベージュのロングスカートという、らしくないほどコンサバティブな格好をしていた。もちろん冬馬に会うためだが、ボタンやホックを引きちぎるような勢いで脱いでいった。瞼の裏の男たちが、そうしてきたからだ。

せめて見えないところくらいは女らしくしようと着けていた、ワインレッドのランジェリーを全員に笑われた。ひと皮剝けばドエロ女だと、ハイレグショーツやハーフカップブラを指差して罵られる。

「伊万里さんも楽しんでたんでしょ、乱交パーティ」

冬馬がストッキングとショーツをおろしてきた。もちろん、実際には自分でおろしている。ガードのなくなった状態で両脚を開けば、熱く潤んだ部分に新鮮な空気を感じずにはいられない。ひんやりした空気の感触が、冬馬の冷たい視線と重なる。

「見ないでっ！　見ないでっ！」

髪を振り乱して身をよじりながら、伊万里は感じる部分をいじりはじめた。花びらをひろげると熱い蜜があふれ、それをまぶすようにして指を動かす。敏感な肉芽に指が触れると、ひときわ甲高い声が出てしまう。

そのビジネスホテルは狭いだけではなく、壁がとても薄かった。夜になると隣の部屋のテレビの音がずっと聞こえているし、いまも人の気配を感じる。たぶん清掃スタッフが作業している。ひとりで淫らな声などあげていたら恥をかくだけなのに、指を動かすのをやめられない。

瞼の裏で、冬馬がズボンとブリーフを脱いだからだった。驚くほど長大なペニスを反り返らせ、伊万里に迫ってくる。伊万里の両脚は、手下たちによって力ずくで割りひろげられている。

「やっ、やめてっ……」

毛のない割れ目にペニスの切っ先をあてがわれると、伊万里の顔は凍りついたように固まった。

冬馬に抱かれることは、それほど嫌ではなかった。抱けるお姉ちゃんになってほしいと頼まれれば、精いっぱい小春のふりをすることだってできただろう。だが、人前でされるのは嫌だった。嫌なのに異常に濡れていて、冬馬が腰を前に送りだすと、長大なペニスがいとも簡単に根元まで収まった。股間を貫かれた衝撃が、頭のてっぺんまで響いてきた。

「いやあーっ！　いやあああああーっ！」

輪姦レイプも嫌だったが、それで感じてしまうことはもっと恐ろしかった。そんな姿を冬馬にだけは見られたくなかった。

マグロになるしかないと思った。バーベキューパーティのテントの中でもそんな決意をしたが、無理だった。電マを使った底意地の悪い焦らしプレイに屈し、伊万里はみずから絶頂をねだった。

自分はなんていやらしい女なのだろうと絶望した。

あのときは十八歳だったが、いまは二十五歳。しかもセックスを生業にしている。伊万里の体は自分でも引いてしまうくらい敏感に開発され、オルガスムスまでのスパンが極端に短い。

じっとしていることができず、いやらしいくらいに身をよじってしまい、歓喜の熱い涙があふれてきた。気がつけば、肉穴に指が入っていた。最初は一本だったが、すぐに二本になった。

「ゆっ、許してっ……イッちゃうからっ……そんなにしたらイッちゃうからあああーっ！」

瞼の裏の冬馬は、決して許してくれなかった。伊万里が泣き叫ぶほどペニスを硬くみなぎらせ、渾身のストロークを送りこんできた。イッてもイッても休ませてくれず、伊万里を辱めつづけた。

第七章　ああ無常

1

また桜の季節がやってきた。

東京で桜を見るのは十八歳で上京したとき以来だから、七年ぶりになる。あのころは、街中を薄ピンク色に染めている桜の花がとても綺麗に見えた。もともと桜なんて好きじゃなかったのに、大学に合格して東京にやってきて、これから初めてのひとり暮らし――伊万里は浮き足立っていた。自分でももてあますくらい明るい未来を夢見ており、はずむ心に桜の花の薄ピンク色はぴったりとマッチした。

二十五歳のいまは違う。

ソメイヨシノは蕾《つぼみ》から満開までが一週間、満開から散るまでが一週間、一年のうちにせいぜい二週間しか花をつけていない。その間は愛でられるだけ愛でられるが、花がなくなれば誰にも顧みられない。

　なんて儚い……。

二十五歳の伊万里には、そのことばかりが胸に響いた。頭上を覆う薄ピンク色の花が美しければ美しいほど、心は冷たく冷えていく。

桜の花は一年経てばまた咲くけれど、女のいちばんいい時は、過ぎ去れば二度と戻ってこない。桜より哀しい存在ではないか。

　桜は儚いだけではない。街路樹や並木になっている木々は、抱えきれないくらい幹が太くて、見上げるほど高くまで枝を伸ばしている。花の咲いていない季節でも、大地にしっかりと根を張って揺るぎない。

　伊万里にはもう、自分を支える力が残っていなかった。

　顔を変え、売春稼業に身をやつしていても、小春のためだと思えば耐えがたきを耐え、忍びがたきを忍ぶことができた。小春を金銭的に援助していることだけが、伊万里の心の支えだった。女を食いものにするブラックサークルによって破壊されてしまった人生に、かろうじて生きる意味を与えてくれていた。

　それが唐突に奪われた。二ヵ月ほど前、極寒の二月初頭のことだ。南房総の施設に行ってみると、小春はそこにいなかった。弟さんが引きとっていかれました、と施設の人に言われた。それ自体は予告されていたことだったが、冬馬がなんの連絡もよこさなかったことに憤りを覚えた。電話をしても繋がらず、ＬＩＮＥを送っても既読にさえならない。広尾のマンションに行ってみると、すでに引っ越したあとだった。

ひどい仕打ちだと歯噛みした。

百歩譲って、冬馬が小春を引きとるのはいい。血の繋がった姉と弟なのだから、一緒に暮らすのが自然だと言われれば、そうなのかもしれない。

だが、その経済的基盤を、イベントサークルの運営でまかなっているということが許せなかった。

冬馬がなにも知らない新入生を騙したり、罠に嵌めたりしているとは思いたくないけれど、たぶんしている。かつての自分たちのような、恋に恋して無防備になりすぎている若い女の子を、冬馬は蔑み、嘲り、見下していた。実の姉が被害に遭っているにもかかわらず、騙されるほうが悪い、と言いきった。

冬馬が以前の冬馬であれば、伊万里だってここまで深く落ちこまなかっただろう。金銭的に小春を援助するという心の支えを失っても、かつてのような関係を取り戻せたかもしれないからである。視力を失ったかわりに心の平衡を取り戻した小春と三人で、また楽しい時間を過ごすことだってできたかもしれない。

それなのに……。

上野にある独居房じみたビジネスホテルの部屋に、伊万里は何週間も引きこもっていた。頭に浮かんでくるのは、どうやって自分の息の根をとめようかということばかりだった。生きている意味を失い、この世に居場所はどこにもなく、苦しい胸のうちを打ち明けられる友達ひとりいないのに、安穏と呼吸しているほうがむしろ滑稽な気がした。

衝動的に高所から飛びおりたりしなかったのは、長い年月と多額の資金を投じてつくりあげた美しい顔を、無残な形にしたくなかったからに過ぎない。楽にこの世とお別れできるクスリがあるなら、全財産を叩《はた》いてもよかった。ただ、睡眠薬ですら相当量飲んでも死には至らないらしく、そうなると今度は、雪に埋もれて凍死したらどうだろうかと考えはじめた。雪国育ちの自分には、なんだか似つかわしい最期のように思えた。

日がな一日、自死にまつわるあれこれをネットで調べていた。血まなこになって調べていたわけではなく、夢とうつつのあわいでぼんやりとスマホをいじっている感じだったが、そうすると時折、ＹｏｕＴｕｂｅにアクセスしてしまうことがあった。

神宮寺教一のチャンネル〈グッド・ドリームス伝説〉は、毎日のように動画をアップしていた。

「女っていうのはさ、そもそも男より何十倍もスケベな生き物なんだよ。考えてみなよ。男はひと晩にせいぜい二、三回の射精で満足するけど、女は何回イッてもまだ欲しがったりするじゃん。複数の男でひとりの女を可愛がるっていうのは、そういう観点から見ると、あんがい合理的なんじゃないかね。もちろん、輪姦はよくないよ。監禁して拘束するとか、そういうのは明確に犯罪だけども、合意さえあれば……あっと、こっから先は有料のオンラインサロンで話します。どうやって女から合意を得ればいいのか、みんな知りたいよね？　懇切丁寧に解説するよ。ひとつ言えるのは、女もそれを待っているってこと。じゃあ、あとはサロンで。会員登録よろしく！」

スマホを持つ手がわなわなと震えだすのを、伊万里はどうすることもできなかった。この男はいったいどこまで女を馬鹿にすれば気がすむのだろう？　刑務所から出てくるなり、過去の暴露話を嬉々としてしていたと思ったら、今度はレイプ指南……。

輪姦事件で逮捕されておきながら、いけしゃあしゃあと「輪姦はよくない」と言い放ち、まるで自分の行ないは合意のうえに成り立っていたと言わんばかりの破廉恥さ……。

新歓パーティの二次会で、伊万里や小春は監禁されていたわけではない。拘束だってされていない。

しかし、合意があったかと言えば、なかった。大量のアルコールに判断力を奪われ、その場のノリという同調圧力に抵抗のチャンスを封じこまれて、拒むことができなかっただけだ。そういうノウハウをネットでバラ撒き、また新たに犠牲者を増やそうというのか？

許せない、と思った。

自分に向いていた殺意の矢印が、ゆっくりと、だが精密機械のような確実さで、神宮寺教一に向いていくのを感じた。

この男のおかげで、いったいどれだけの女が人生をめちゃくちゃにされたのだろう。おそらく百人単位……みんな泣き寝入りしているだけで、それは現実に起こったことなのだ。伊万里や小春より、もっとむごたらしい目に遭った女だっているはずである。

殺してやりたかった。

いまのいままでこの世に未練なんてなかったが、こんな男がのうのうと生きていると思うと、死んでも死にきれなかった。生ける屍《しかばね》と化している自分にも、まだ生きる意味や価値があるとしたら……。

復讐《ふくしゅう》心のようなドス黒い感情が、生きる意欲に転化する場合があることを、伊万里はこの日、初めて知った。自分はいま、たしかに生きていた。孤立無援で朽ち果てかけていた魂が、轟々《ごうごう》と音をたてて燃え盛っているのを感じずにはいられなかった。

2

東京に桜の開花宣言がされる少し前から、伊万里は六本木にある〈アンリミテッド〉というキャバクラで働きはじめた。

神宮寺をはじめ〈グッド・ドリームス〉の残党が、その店を贔屓にしているという情報をキャッチしたからだった。

探偵業者を雇うまでもなかった。六年もの長きにわたり、博多の夜の街で生きてきた伊万里は、盛り場での情報の流れ方をよく知っていた。遊び人が好みそうな港区の酒場をピックアップし、そこに夜な夜な足を運んでいるうち、自然と耳に入ってきた。

「ＹｏｕＴｕｂｅで〈グッド・ドリームス伝説〉ってあるじゃん？　レイプ事件で逮捕されたイベサーの代表がやってるやつ。あの連中、最近よく六本木で見かけるよ。キャバ嬢を何人も引きつれてサパーで大騒ぎ。ＹｏｕＴｕｂｅｒって儲かるんだねえ……」

そういった話の線上に浮上してきたのが、〈アンリミテッド〉だった。六本木にあるキャバクラの中でも高級な部類に入る店だったけれど、面接に行くと即刻採用され、出勤初日から場内指名を何本も取った。伊万里にとっては造作もないことだった。博多ではホステスを隠れ蓑《みの》にして、愛人契約にもちこめそうな太い客をさんざん手玉にとってきたのである。

「いらっしゃいませ」

神宮寺が取り巻きを引きつれて〈アンリミテッド〉に現れたのは、伊万里が入店してから二週間後のことだった。

〈アンリミテッド〉では、接客中ではないキャストは全員、入口に並んで客を出迎える。深く腰を折ってお辞儀をし、顔をあげて神宮寺と眼が合った瞬間、「キミ、指名するよ」と言われた。

当然と言えば当然だった。伊万里は神宮寺が逮捕直前まで執着していた小春の生き写しなのである。顔の造形がそっくりなだけではなく、この店では立ち居振る舞いから表情、しゃべり方まで意識して寄せていた。小春の魅力は、華やかで甘え上手で初々しいこと。実年齢より若く見えるよう薄化粧を心掛け、ドレスは淡いパステルカラー系。

「まさか、こんなところで働いてたのか？」

席に着いて名刺を渡すと、神宮寺は苦々しく唇を歪めた。源氏名を「小春」にしているせいもあるだろう、完全に誤解しているようだった。もちろん、誤解するように仕向けたのは伊万里だったが、

「誰と間違えているんですか？」

キョトンとした顔で返した。自分が彼のよく知る女であることを、きっぱりと否定した。

「東京の大学で一緒のサークル？　わたし、ついこの前まで博多にいて、一ヵ月前に上京してきたばっかりですよ」

そう言ってやっても、にわかには信じられないようだった。取り巻きのひとりが、声をひそめて神宮寺に言った。

「でもあの子、自殺したんじゃ……」

神宮寺は眼をつぶって押し黙った。〈グッド・ドリームス〉の残党は、例外なく小春がもうこの世にいないと思っているようだった。

その日、神宮寺たちは一時間ほど飲んだだけで、早々に引きあげていった。入店時間が早かったせいもあり、アフターに誘われることもなく、ＬＩＮＥの交換もし

なかった。

だが翌日、今度はひとりでやってきた。

「こんなことってあるんだな。キミ、俺のかつての恋人にそっくりなんだよ。その子、自殺しちゃったんだけどね……」

悲劇の主人公のような顔で言われ、伊万里の心は震えた。本当にこの男は、後悔も反省もしていないらしい。いったい誰のせいで、小春が自殺未遂を起こしたと思っているのだろう？

だがもちろん、怒りの感情はおくびにも出さなかった。この男の背負った十字架は、面罵したくらいで許されるようなものではない。

神宮寺は静かにシングルモルトのグラスを傾けていた。ＹｏｕＴｕｂｅでしゃべっているときよりテンションが低く見えるのは、女の前で格好をつけたがるタチだからだろう。

あんがい陳腐な男だ――伊万里は足元から自信が湧きあがってくるのを感じた。十八歳のとき、彼の存在感の強さにおののいていた。自分など逆立ちしても入れない一流大学の学生で、大規模なインカレサークルの代表という肩書きが大きかった。嚙みつくことなど考えられないくらい、威光を放っていた。

だが、あれから七年という月日が過ぎた。その間、伊万里は男と女の裏街道をひた走ってきた。女衒《ぜげん》まがいのイベサー代表など、足元にも及ばないような社会的実力者たちと枕を交わした。

二十五歳になったいま、目の前の男が途轍もなく薄っぺらく見える。実際、薄っぺらいのだろう。中身もなければ実力もないから、この男は女に対してどこまでも非情になれるのだ。

「今日これから、アフターに付き合わないか？　近くに面白いサパークラブがあるんだ。オカマちゃんのダンスショーがあって楽しいぜ」

伊万里は丁重に断った。神宮寺がこちらを見る眼はまだ、恋に狂っていない。お決まりの誘い文句に、容易く乗るわけにはいかない。薄っぺらいなら薄っぺらいなりに、もっと必死になってもらわなければ困る。伊万里は決めていた。アフターでふたりきりになったとき、神宮寺にすべての罪を贖《あがな》わせると。

「まあ、いいよ。ただ、覚えておいてくれ。俺は諦めの悪い男なんだ」

神宮寺はそれから毎日のように店にやってくるようになり、懲りることなくアフターに誘ってきた。どんどんしつこくなっていった。直接口説くだけでは飽き足らず、ＬＩＮＥも頻繁に送ってきた。

――わたし、サパーみたいに賑やかなところが苦手なんです。もう少し静かなところなら……。

――バーみたいなところがいいのかい？

――どうでしょうか。

――じゃあ、とっておきの切り札を切るか。

神宮寺は夜景が見える高級ホテルを予約すると伝えてきた。もはやなりふりかまわない感じだった。伊万里は了解した。アフターに付き合うと約束した日、神宮寺は笑いを噛み殺しながら店にやってきた。午前零時過ぎだった。クローズの午前二時が待ちきれない感じで、それでも見栄《みえ》を張ってシングルモルトのボトルを入れた。

「キミも変わった女だな……」

ホテルに向かうタクシーの中で、神宮寺は苦笑した。

「サパーはNGでホテルはOKなんて……」

伊万里は視線さえ向けなかった。ちょうど桜並木の下だった。漆黒の闇に乱舞する、薄ピンクの吹雪の中をタクシーは進んでいく。今夜は風が強かった。明日にはすべての花が散ってしまうかもしれないと思うと、運命を感じずにはいられなかった。

タクシーをおりると、地上二十階にある部屋にエスコートされた。

神宮寺はブランドものらしきジャケットを着ていたが、伊万里は店に出ている格好の上に白いフェイクファーのコートを羽織っただけだった。初々しさを演出するためのパステルピンクのドレスが恥ずかしくなるくらい、格式のあるホテルだった。

エレベーターの中から、神宮寺は伊万里に身を寄せてきた。ニヤニヤしながら腰を抱いてきたので、

「やめてください、こんなところで」

伊万里は笑顔で神宮寺を押し返した。表情に余裕を浮かべていても、左胸が痛くなるくらい鼓動は激しく乱れていた。

神宮寺に気づかれないように深呼吸した。そうしつつ、肚《はら》の底に秘めている殺意の輪郭をゆっくりと指でなぞる。大丈夫。覚悟は決まっている……。

この後、神宮寺が期待しているような展開にはならない。冥土のみやげに体を与えてやるほど、伊万里はお人好《ひとよ》しではなかった。キスさえ許すつもりはないし、なるべく体に触られたくない。そういう展開になる前に、彼にはすべての罪を贖《あがな》ってもらう。

「ふふっ、どうぞ……」

通された部屋は、唖然とするほどゴージャスだった。ゆったりした広い空間に配置された、高級感あふれるソファセットや調度。部屋に入ってすぐにベッドが眼に入らないのは、セミスイート以上のランクだ。スタイリッシュな間接照明の向こうは大きな窓で、まばゆいばかりに輝いている六本木の夜景が見える。

てっきり普通のツインルームだと思っていたので、伊万里は意表を突かれて立ちすくんだ。おかげで、部屋に入ってすぐに行動を起こすつもりだったのに、それができなかった。

「いいバッグだね」

肩にかけていたのはエルメスのエヴリン――たしかにいいバッグだが、伊万里は青ざめた。後ろからひったくるように、神宮寺がそれを奪ったからだ。荷物を置いてあげる、という紳士的な態度ではなかった。しかも、神宮寺はためらうことなくバッグの中身を足元の絨毯にぶちまけた。

伊万里は声をあげることもできなかった。神宮寺は白絹のスカーフに包まれた銀色のペティナイフを目敏《めざと》く見つけると、それを拾いあげ、

「タレコミは本当だったんだ……」

太い息を吐きだした。

「志賀が連絡してきたんだよ。小春にそっくりなやつが現れたら気をつけろって……〈アンリミテッド〉でおまえと出会うずいぶん前の話だ。あの店で働いてたの、俺に近づくためだったんだろう？　ふたりきりになって、このナイフで刺すために……」

伊万里は体中が小刻みに震えだすのをどうすることもできなかった。まさか、志

賀が神宮寺に連絡を入れていたとは思わなかった。再会したときの口ぶりでは、神宮寺とは距離を置いているようだったのに……。

「だが、復讐の的にかけられてるなら、それはそれで面白いと思ったよ。殺意をもって近づいてきた女なら、なにも遠慮する必要はないもんな……ハハッ、久しぶりに楽しい夜になりそうだぜ。もういいぞ！」

神宮寺が声を張ると、部屋の中で人影が動いた。ソファや衝立《ついたて》の陰、あるいはトイレ――そういったところに隠れていた男たちが、下卑た笑いを浮かべながら姿を現したのだ。全部で三人。神宮寺を入れれば四人……。

「本当は伊万里ちゃんっていうんだろ？」

神宮寺が笑いかけてきた。

「俺、やったことあるんじゃなかったっけ？　小春と一緒に高田馬場の事務所に来て……ハメ心地までは覚えてないけどな。まあ、悪くなかったんだろう。俺はあそこがゆるい女が大嫌いだから、そっちなら絶対覚えてる……」

神宮寺がニヤニヤしながら近づいてきたので、伊万里は後退った。後ろにいた男に双肩をつかまれ、ビクッとすくみあがると、そのまま動けなくなった。声も出せない。

バッグに忍ばせたナイフが見つかった以上、悲鳴をあげて助けを呼んだところで、いずれはこちらも非を問われる――そんなふうに考えたからではない。

自分より上背もあれば体も分厚い男四人に囲まれて、ただただ恐怖に震えあがっていた。

3

「それにしても泣かせる話じゃないか。自殺した友達の復讐をするために、彼女そっくりの顔に整形して、俺の前に姿を現すなんて……実際、志賀のタレコミがなかったら危なかったかもしれないな。想像していた以上に、小春によく似ている。最近の整形ってのは、マジでたいしたもんだ……」

神宮寺の声が、伊万里には遠く聞こえた。

ここは地上二十階にあるバスルーム。部屋がゴージャスならバスルームも呆れるほど広々として、十畳近くありそうだ。

「……あぷっ！」

伊万里は男たちに押さえつけられ、水責めの折檻《せっかん》を受けていた。すでにドレスやストッキングは奪われ、体に残っているのは白いショーツ一枚だけ。そんなみじめな格好で、浴槽の前にひざまずかされ、髪をつかまれてお湯の中に顔を突っこまれている……。

死ぬかと思うような息苦しさが続き、意識を失う寸前で顔をあげられると、今度はシャワーで冷水を浴びせられる。息があがっているのに、まともに呼吸ができない。ずいぶん前から意識は朦朧とし、頭の中に白い靄《もや》がかかっていた。視界は狭まっていくばかりだし、とにかく苦しくてしかたがない。

このまま殺される、と思った。

西村栄美によれば、〈グッド・ドリームス〉は反社だか半グレだかと繋がりがあったらしい。部屋に隠れていた三人の男たちは、どう見てもまともな社会人ではなかった。眼つきも悪ければ顔色も悪く、Tシャツの袖から和彫りをはみ出させている者までいる。

「どうだ？　少しは反省したか？」

肩で息をしている伊万里の顔を、神宮寺がのぞきこんでくる。

「反省して俺たちの仲間になるなら、それでいい。全部許してやる。過ぎ去ったことなんて忘れちまって、楽しい明日を夢見て生きろよ。ちょうど〈グッド・ドリームス伝説〉にマスコットガールが欲しいと思ってたところなんだ。姫だな、姫。水着で出演させてやるよ。その顔にその体なら文句なし。ある意味、胸がまな板だった小春以上だぜ」

「だっ、誰がっ……」

伊万里は眼を凝らして神宮寺を睨みつけた。非道な折檻を受けたことで、逆に開き直ることができたのだった。

「こっ、殺せばいいでしょっ……殺しなさいよっ……こっちも殺すつもりだったんだから、殺されたって文句はないわよっ……」

「ずいぶん強気だな」

神宮寺はおどけたように首をすくめると、まわりの男たちと眼を見合わせて笑った。

「俺は強気な女が嫌いじゃない」

男たちがいっせいに襲いかかってきて、伊万里の体に残っている最後の一枚を奪った。さらに、ふたりがかりで両脚を開かされ、無防備になった股間をさらしものにされてしまう。さすがに悲鳴をあげた。パイパンの伊万里には、性器を覆い隠す薄毛すらない。

「いい格好だぜ。オマンコもケツの穴も丸出しで、さっきの台詞をもう一回言ってみな」

「こっ、殺してっ……」

伊万里は顔をそむけて言った。顔が熱くてしかたなく、それ以上言葉は継げなかった。本当に殺してほしかった。もうすでに、死に勝る屈辱を受けていた。

「ああ、いいぜ」

神宮寺が楽しげにうなずく。

「いまから昨日までのつまらねえおまえを殺してやる。俺たちの姫に生まれ変わるためにな」

トロリとした粘液が、胸元にかかった。お湯で温められたローションだった。大ぶりのボトルに入ったそれがツツーッ、ツツーッと糸を引いて垂らされ、四方八方から伸びてきた男たちの手で、体中に塗りたくられる。みるみるうちに上半身が卑猥な光沢に輝きだし、背筋に戦慄が這いあがっていく。

「やっ、やめてっ……」

売春稼業に身をやつし、多少なりとも変態プレイの経験がある伊万里でも、四人の男に寄ってたかって慰みものにされたのは一度だけだった。

〈グッド・ドリームス〉のバーベキューイベントで突然の嵐に見舞われ、志賀のいるテントに逃げこんだあのとき——忘れてしまいたい過去だった。思いだすと自己嫌悪で死にたくなる、生涯一の醜態をさらした。

「いいねえ。細いのにおっぱい丸くてスタイル抜群だから、テカるとほとんど猥褻《わいせつ》物だな」

生温かいローションは、やがて下半身にも垂れてきた。当然のように、男たちの手指も下半身を這いまわりはじめる。腰、腹部、内腿、太腿の付け根……股間に近づいてくるに従って手指の動きはいやらしくなり、けれども決して肝心な部分には触れてこない。

額から汗が噴きだしてくる。

テントでの出来事がなぜ生涯一の醜態かと言えば、焦らしプレイで正気を奪われたからだった。電マの刺激に理性を崩壊させられ、発情しきった伊万里は、絶頂をねだる言葉を口にした。奴隷になることさえ受け入れた。イキたくてイキたくてそれ以外のことはなにも考えられず、自分を放棄して彼らのイチモツを泣きながらしゃぶりまわしたのだった。

記憶から抹消したかった。

だが、どうしても忘れられなかった。

屈辱を与えられた悔しさや、醜態をさらした自己嫌悪のせいだけではない。

人肌恋しい夜、伊万里は自分で自分を慰めるとき、あのときのことをよく思いだしていた。志賀をはじめ、あの場にいた男はどうでもいい。思いだしているというより、たった一度の記憶をよすがに、妄想を逞しくしていると言ったほうが正しい。

複数の無慈悲な男たちに輪姦されるところを思い浮かべると、クリトリスも乳首も恥ずかしいくらいツンツンに尖りきった。濡れて濡れて何度でもイクことができた。いま我が身に襲いかかっている災難は、まるで自慰の妄想の具現化だった。

「やっ、やめてっ……殺せばいいでしょっ……殺しなさいよおおーっ！」

強がる言葉もヒステリックに裏返った声も、虚しく宙に霧散していく。

ローションでヌルヌルになった手指が、乳房をこねまわすように揉んでいた。物欲しげに突起した乳首もつままれる。内腿を這いまわっている手指の動きが、中でもとびきりいやらしかった。ヌルッ、ヌルッ、と手のひらをすべらせては、爪を使ってくすぐってきた。ローションのねっとりした感触と硬い爪のコントラストが、伊万里の正気にひび割れを起こさせる。

「腰が動きはじめたぜ」

男のひとりが言い、嘲笑の輪がひろがった。たしかに、伊万里の腰は動いていた。自分でも信じられなかったが、全身が異常なほど敏感になっている。

水責めで意識朦朧としているせい？　そう思うとゾッとした。彼らはこういうやり方に慣れているというわけだ。

「あぁっ……くぅううっ！」

声が出てしまいそうになり、あわてて歯を食いしばった。男たちの手指が、いよいよ肝心な部分を刺激してきた。ローションでコーティングされているぶん、普通の愛撫より刺激は控え目だった。それでも、複数の指が花びらをつまみ、包皮の上からクリトリスを撫でてくれれば、体の芯に快楽の電流が走り抜けていく。控え目さがもどかしさに感じられるまで、たいして時間はかからなかった。もどかしさとは、もっと欲しいと自覚することだ。

たっ、助けてっ……。

肉穴に指が入ってきた。一本、すぐに二本……別々の男の指が、肉穴の中で別々の意志をもって動く。出したり入れたりされる。Gスポットをぐっと押しあげられる。やがて、二本の指の動きがシンクロして、穴の中にびっしり詰まった肉ひだを、ねちっこく掻きまわしてきた。もうこんなに濡れてるぞ、とばかりに、ずちゅっ、ぐちゅっ、と音をたてて……。

「気持ちいいかい？」

神宮寺が勝ち誇ったように胸を張った。

「俺の持論だが、これを輪姦だのレイプだのというやつは間違っている。俺たちは凌辱してるんじゃなくて奉仕しているんだ。おまえはみんなから奉仕されているお姫さまだよ。違うかい？」

伊万里は唇を嚙みしめて顔をそむけた。お姫さまなわけがなかったが、感じすぎて身をよじるのをやめられない。恥ずかしい。

「イキたくなってるんだろう？　答えなくても見ればわかるさ。イカせてやるよ。失神するまでイキまくらせて、生まれ変わらせてやる……」

「やっ、やめてっ！」

伊万里は眼を見開いた。神宮寺ではない男が、後ろの穴をいじってきたからだった。いじるだけではなく、指が入ってくる。ローションのせいでツルリと簡単に……。

「おいおい……」

指を入れてきた男が呆れたように笑った。

「こいつ、ケツマンコも開発済みらしいぜ。あっさり指を咥えこみやがった」

「違うっ……」

伊万里は否定しようとしたが、言葉は続かなかった。

普通の女が排泄のためだけに使うその器官を、たしかに伊万里は、セックスのために使うことができた。

博多時代のスポンサーに、女のアヌスに執着している男がいた。バックスタイルでピストン運動を受けとめている伊万里の尻の穴に、ローターを入れて振動させるのが好きだった。最終的には、高額な餞別と引き替えに、アナルセックスまで許してしまった。

おかげで、伊万里の肛門は敏感な性感帯になっていた。他の性感帯と同時に刺激されると、とくに弱い。

「やっ、やめてっ……そこはいやっ……ぬっ、抜いてっ……抜きなさいっ！」

尻の穴に指を入れられる前から、ヴァギナにも二本、指が入っていた。別々の男の指であり、それぞれ勝手に動いたり、そうかと思えば動きがシンクロしたり、注意をそらすことができない。

さらに、クリトリスをいじっている指もある。すでに包皮を剝き、生身で尖っている肉芽を、ねちねちと撫で転がしている。

乳首もいじられている。強くつまみあげられる。ローションでヌルヌルになっているから、指の間からツルッと抜ける。刺激で熱くなったところを、コチョコチョ、コチョコチョ、と硬い爪を使ってくすぐられる。

アヌス、ヴァギナ、クリトリス、そして左右の乳首——五点同時のめくるめく波状攻撃に、伊万里はまともに呼吸もできない。

「高めの女を気取っていてもアヌスまで開発済みとはな。まったく、最高の姫になってくれそうだ」

神宮寺が伊万里の双頰をつかんだ。その手はローションでヌルヌルだったが、伊万里の顔もまた、したたるほど大量の汗をかいていた。

「俺たちは絶対に強要はしない。おまえがイカせてくださいっておねだりしてくるまで、力ずくで犯したりしないから安心しな」

なにを言っているのか、伊万里にはわからなかった。力ずくで服を奪い、水責めの折檻で意識すら半ば奪った挙げ句、寄ってたかって辱めているくせに、紳士面をしている神宮寺が許せなかった。

しかし、許せないという強い感情も、あるいは、この部屋に入る前にはたしかにあったはずの明確な殺意さえ、複数の男による執拗な愛撫の前では風前の灯火《ともしび》になっていくしかなかった。

体がオルガスムスを求めていた。それはもう、すぐそこまで来ていた。腰は恥ずかしいほどくねっているし、クリトリスが燃えるように熱い。意識しなくても前後の穴が締まっていき、男たちの指を食い締める。

「くううっ……ぐぐっ……」

伊万里は歯を食いしばってこらえた。こんな連中に、イカされたくなどなかった。男という生き物は、女を絶頂に導くことで征服できると思っている。男にとって女をイカせることは、女を支配することなのだ。

女もまた、そんな気がしてしまうから、救われない。

伊万里が〈グッド・ドリームス〉を刑事告訴しなかったのは、イカされてしまった負い目のせいだった。それが理由のすべてではないけれど、志賀に生まれて初めての中イキに導かれ、バーベキューのテントの中でも数えきれないほど絶頂に追いこまれた。

あんなにイキまくっておいてよく言うよ——レイプだったと訴えたところで、そんなふうに嘲笑されると思うとなにもできなかった。自分の中にすら、そんなふうに思っているもうひとりの自分がいた。

だからイッてはいけないのだ。

不本意なセックスで感じてはならない。

わかっていても、四人がかりで五点の性感を刺激されつづけられれば、体は快楽に侵食されてくる。ピクピクッ、ピクピクッ、と体中の肉という肉が痙攣を起こせば、メンタルも壊れてくる。男に征服されるとか、支配されるとか、そんなことはどうでもよくなってくる。というか、なぜ征服されたり、支配されていけないのか、わからなくなる。

そんなことより、イキたかった。

自分を辱めている四人の男が、辱めているのではなく、奉仕してくれるようにすら思えてくる。

いよいよ我慢の限界が近いようだった。我慢したぶん、絶頂を求める衝動はより切実になり、自分を呑みこむくらい巨大化していた。自分の中に衝動があるのではなく、衝動の中に自分がいるような、恐ろしい状況に追いこまれていく。

もっ、もうダメッ……。

伊万里が眉間に刻んだ縦皺に深い諦観を滲ませたときだった。

唐突にすべての指が抜き去られ、愛撫がストップした。次の瞬間、シャワーで冷水をかけられた。顔はもちろん、絶頂寸前で熱く火照りきった体まで……。

伊万里は声もあげられなかった。

呆然と眼を見開き、わなわなと震える唇から、涎の糸を引かせた。冷水をかけられてなお、体の疼きはおさまらなかった。オルガスムスを求める衝動はむしろ倍増して、眼には見えない欲望の触手が、体中の性感を揉みくちゃにしているようだった。

「いい顔するねえ。盛《さか》ってる途中に水かけられた牝犬みたいだぜ」

男たちの笑いが爆発した。

伊万里の心は激しく掻き乱され、感極まってしまった。なぜ泣くのかもよくわからないまま、気がつけば号泣していた。怖い大人に頭ごなしに叱られた少女のように、手放しで泣きじゃくることしかできなかった。

4

「ククク。美人っていうのは泣き顔がたまらんもんだが。整形美人でもそうなんだな……」

神宮寺が嘲笑まじりに言い、伊万里の顔に張りついた髪を直してくる。やさしさからではなく、泣き顔がもっとよく見たいと言わんばかりに……。

伊万里は涙を流しつづけていた。嗚咽《おえつ》ももらしていた。ひどい顔になっているだろうが、泣かずにはいられなかった。四人がかりでの執拗なローション愛撫、だが、イキそうになるとそれは中断され、シャワーで冷水をかけられる。絶頂に達することが許されず、焦らし抜かれる。そんなことが、もう何回も繰り返されている。たぶん十回以上……。

生殺しの拷問がきついのは、自分の首を絞めているのが自分の欲望であることだ。そこから逃れるためには、自分より上に欲望を置かなければならない。オルガスムスと引き替えに、すべてを失う覚悟がいる。

「素直になれよ」

仁王立ちになった神宮寺が、ギラついた眼で見下ろしてきた。

「イキたくてイキたくてしょうがないんだろう？　俺たちの姫になるって約束したら、イカせてやる。四本のチンポで、朝まで可愛がってやる」

水責めが始まったとき、男たちは服を着ていた。上着を脱いだり、ズボンの裾をまくったりしていたが、いまはもう全員ブリーフ一枚だった。誰もが例外なく、前をふくらませていた。男らしさが濃厚に漂ってくる光景が、伊万里をますます追いこんでいく。

「過去の亡霊に取り憑《つ》かれてるより、輝かしい未来を選べ。おまえの器量なら、簡単に夢のような未来をつかめるぞ。たったひと言……この体を〈グッド・ドリームス〉に捧げます、と誓うだけでいい」

泣きじゃくる伊万里はもう、自分が誰であるかもわからなくなりかけていた。だが、ほんの一瞬だけ、正気に戻った。眼を見開いて神宮寺を睨んだ。〈グッド・ドリームス〉という言葉がそうさせた。

その極悪イベントサークルが、伊万里の人生をめくちゃくちゃにした。いや、自分だけではない。自殺未遂から心の病、さらには自傷行為で視力まで失った小春。誰が父親かわからない子を産み、貧困にあえぎながらシングルマザーをしている西村栄美。〈グッド・ドリームス〉に関わった女たちは、おそらく誰もが深く傷ついている。表面的に平穏な生活に戻れたとしても、安心はできない。こんな連中に関わったら最後、悪夢を見ない夜はないだろう。

ギリッ、と伊万里は歯噛みした。

負けるわけにはいかなかった。血が出るくらい強く唇を噛みしめて、神宮寺を睨みつけた。

「こっ、殺しなさいよ……」

声がひどく震えてしまったのは、本気でそう思っていたからだ。

「いまわたしを殺しておかないと、あなたの命をまた狙うからね……何度失敗しても、殺すまでつけ狙ってやる……」

神宮寺はポカンと口を開いた。他の男たちも同様だった。次の瞬間、爆笑が起こった。全員が腹を抱えて笑いだした。

「おまえ、マジで最高だな。簡単に音をあげない女のほうが調教しがいがあるし、仕上がりにも期待がもてるってもんだ。歴代最高の姫になるかもな」

神宮寺は他の男たちに目配せすると、伊万里の乱れた髪を鷲《わし》づかみにした。立ちあがれない伊万里を引きずるようにしてバスルームを出て、寝室に入った。抱えあげられ、ベッドの上に放り投げられた。

あとに続いてきた男たちが、阿吽の呼吸で襲いかかってくる。男のひとりがなにかを持っていた。伊万里はほとんど放心状態だった。呼吸もままならず、眼の焦点さえ合っていなかったので、それがなにかわかったのは、絶望的な状況に陥ったあとだった。

両脚を閉じられないようにする拘束具が、体に装着されていた。首の後ろを通したベルトで、左右の太腿をフックするやつだ。

博多時代のスポンサーにMっ気のある男がいて、伊万里は彼にそれを装着したことがあった。通販などで簡単に手に入る合成皮革の安物でも、大人の男が両脚を閉じられなくなった。

ご丁寧に、後ろ手で手錠もされていた。つまり、恥部をさらけだしたまま、手も足も出ない……。

「ここはいちおう高級ホテルだから、節度が必要だ。はしたない声をあげられると困る……」

最後の仕上げとばかりに、神宮寺がタオルで口を塞いできた。猿轡《さるぐつわ》だ。別の男が、開いた両脚の前になにかを並べはじめた。ペニスをかたどったヴァイブ、複数に連なったローター、電マもある。

「寸止めで音をあげないなら、白眼を剝くまでイキまくらせてやる。きついらしいぜ、イッてもイッてもまだイカされるのは……」

伊万里は背中に冷たい汗が流れるのを感じた。

「だが、それを乗り越えると何度でも続けてイケるような体になる。十回イッてもまだ貪欲にイキたがる、セックスエリートになることができる。押しも押されもしない、ド淫乱のお姫さまの誕生だ……」

神宮寺が電マに手を伸ばしたときだった。インターフォンが鳴った。男のひとりが首をすくめ、寝室から出ていった。

一分後——。

「ぅんぐっ！　ぅんぐぅぅぅーっ！」

伊万里は眼尻が切れそうなほど眼を見開き、猿轡の下で声の限りに悲鳴をあげた。正気を失いそうだった。出ていった男が、新たにふたりの男を連れて戻ってきたからだった。

ひとりは浅黒く日焼けした顔にコーンロウの髪型をした、格闘家じみた男だった。革ジャンを着ていても胸筋が盛りあがっているのがはっきりわかったが、そんなことはどうでもいい。

問題はもうひとりのほうだった。

よく知っている男がこちらを見ていた。

冬馬である。

伊万里は必死の形相で両脚を閉じようとした。革のベルトが太腿に食いこみ、激痛が訪れた。二度と歩けなくなってもかまわないから、剝きだしになっている股間を隠したかった。できなかったが……。

「よく来たな」

神宮寺に薄ら笑いを向けられても、冬馬は言葉を返さなかった。見るからに青ざめた顔をして、眼を泳がせている。

「おまえ、イベサーの代表やってるくせに、輪姦《まわ》しには絶対に参加しないんだって？」

冬馬は否定しなかった。

「いかんなあ、実にいかん。俺らが輪姦しをやるのは、男の友情、連帯のためなんだ。同じ女の穴にチンポを突っこめば、これ以上堅い絆《きずな》はない」

「輪姦しどころか……」

コーンロウがククッと笑い、冬馬の肩を叩いた。

「こいつ、まだ童貞だってもっぱらの噂なんですよ。女に妙に潔癖で、草食系丸出しだって」

「じゃあ、ちょうどいい」

神宮寺はベッドからおりると、立てた親指を伊万里に向けながら言った。

「この女は、これからうちの姫になる女だ。こいつで童貞を捨てちまえ。一番バッターをまかせてやる」

冬馬は神宮寺から視線をはずしてうつむいた。

「なんだよ、気に入らないのか？　こんな上玉なかなかいないぜ。それに、俺らがたっぷり生殺しにしてやったから、童貞のチンポでもたぶんすぐイク。生涯忘れられない初体験になるんじゃねえか」

「……冗談はやめてくださいよ」

冬馬はうつむいたまま、上ずった声で言った。

「複数の男でひとりの女を可愛がるのは、女に奉仕するためじゃなかったんですか？」

「ああ、その通りだ。男の連帯のために穴を借りるわけだから、なるべく丁重に奉仕する」

「これが奉仕ですか？　動けないようにして猿轡まで……完全にレイプじゃないですか」

「さすが童貞だな。セックスにおける奉仕の意味が、まるでわかってねえ。こう見えて、この女は悦んでる。騙されたと思ってチンポ入れてみろよ。ひいひいよがってすぐイクから」

「……できないです」

冬馬が言うと、部屋の空気がひんやりと冷たくなった。誰も彼も、薄ら笑いをやめて昏《くら》い眼つきになり、蔑むように冬馬を見ている。

「いいからやれ」

「できません」

冬馬は激しく首を横に振った。

神宮寺は呆れた顔で息を吐きだすと、コーンロウに目配せした。次の瞬間、冬馬の体がくの字に折れ曲がった。コーンロウのボディブローが、冬馬のみぞおちを突きあげたからだった。

冬馬は濁った悲鳴とともに口からなにかを吐きだし、絨毯に両膝をついた。その脇腹に、鞭《むち》のようにしなるコーンロウのまわし蹴りが飛んでいく。

部屋にやってきたばかりだから、彼はまだ靴を履いていた。先の尖ったブーツの爪先が冬馬の脇腹にめりこみ、伊万里は眼をそむけた。

ここはいちおう高級ホテル——帰り際、エントランスなどでホテルマンに姿を見られたときのことを考慮しているのだろう。顔に傷はつけないようにしているようだったが、それでも容赦ない暴力が続いた。

映画のように音楽も効果音も入っていないバイオレンスシーンは、ただひたすらに寒々しかった。あまりの恐怖に眼をつぶっても、聞こえてくるうめき声や殺気立った気配だけで、体の芯まで凍てついていく。

「もういい」

神宮寺が言い、コーンロウは蹴るのをやめた。

「冬馬、俺はおまえを高く買ってる。サークルのマネージメント能力は、俺の現役時代以上かもしれねえ。でもな、男の連帯をないがしろにするやつには、本物の仲間はできねえぞ」

冬馬は答えられない。絨毯の上で胎児のように体を丸め、苦悶に歪んだ声をもらすばかりだ。

「そんなにやりたくないなら、今日だけは特別に勘弁してやる。でも、次に拒否ったらもう仲間じゃねえぞ。おまえ、なに勘違いしてるのか知らねえが、これはレイプじゃねえ。よく見とけよ、いまから俺たちが未来の姫を可愛がるところを……イキまくるところを見りゃわかるはずだ。これがレイプなんかじゃないって……女もきっちり楽しんでいるって……」

伊万里は心の底から戦慄した。

この体なら、もうどうされたってかまわなかった。犯したければ犯せばいいし、八つ裂きにしたければすればいい。

だがその前に、冬馬を部屋から出してほしかった。できればホテルの玄関まで連れていき、タクシーに乗せてやってほしい。無理なら寝室の外、六本木の夜景が見えるソファの上に運び出すだけでいい。

見られたくなかった。これから自分は、人間らしさのすべてを奪われ、獣の牝に堕とされるだろう。

そんなみじめな姿を、輪姦されてよがり泣いている醜態を、冬馬にだけは見られるわけにいかなかった。

しかし、猿轡をされていては、哀願の言葉さえ吐くことができない。大粒の涙をボロボロとこぼしながら、うぐうぐと鼻奥で悶え泣くのが精いっぱいだ。

「ああん？　もう辛抱たまらんか？　待たせたぶん、念入りに仕込んでやるから勘弁しろ」

神宮寺がこちらを見て舌なめずりをする。

ヴァイブ、ローター、電マ――手に手に淫らな得物《えもの》をつかんだ男たちが、いっせいに伊万里に襲いかかってきた。

第八章　身も心も

1

外の空気は生暖かかった。

六本木のホテルを出ると空はもう明るく、けれども人々が眼を覚ますにはまだずいぶんと早い時間で、目の前の道を走っているクルマも少ない。

寒かった。春の到来を感じさせる生ぬるい風に吹かれても、伊万里は白いフェイクファーのコートに首を沈め、背中を丸めていた。体中が凍てつきそうで、ガチガチと歯が鳴っている。キャバクラ仕様のドレスの生地が薄いせいもあるが、寒気の根源は体の内側にあるようだった。

カツカツカツ……とハイヒールを鳴らし、早足でホテルの敷地から出ていこうと

すると、

「伊万里さん！」

冬馬が後ろから追いかけてきた。脇腹を押さえて足を引きずっている。伊万里は立ちどまって振り返ったが、眼を合わせることはできなかった。たぶん、一生できないだろう。

「クルマ留めにタクシー停《と》まってるじゃないですか」

「少し歩きたいの」

「送っていきます」

「いいわよ」

「代表に送っていけって言われましたから」

「必要ないって言ってるの」

「すいませんけど……代表は伊万里さんの身を案じてるんじゃなくて、住所を突きとめてこいって言いたいんだと思います」

「……勝手にすれば」

伊万里は吐き捨てるように言い、再び歩きだした。こんなに疲れきっているのは、いつ以来になるのか見当もつかない。それでも早足で歩かずにはいられない。道もわからないのに、闇雲に前に進む。後ろに人の気配がする。冬馬は本当に自宅までついてくるつもりなのだろうか？　あんなにも容赦ない暴力の洗礼を受けたにもかかわらず、まだ神宮寺に忠誠を誓うというのか？

「えっ……」

角を曲がった瞬間、足がとまった。目の前の道路が薄ピンク色に染まっていたからだ。ゆうべの強風で桜の花が散ったらしい。

それは一見、レッドカーペットならぬピンク色のカーペットのようだった。先ほどのホテルの低層階、あるいは歩道橋の上などから見れば、季節の終わりを象徴する美しい景色に見えるのかもしれない。

だが、足元の薄ピンクの花びらは黒い砂にまみれていた。一歩、また一歩と、伊万里は踏みしめながら歩きだした。

街が眼を覚まし、人々の往来が始まれば、花びらはもっと無残に踏み荒らされるだろう。形が崩れ、色を失い、やがて雨にでも流されて消えていく。そう思うと、涙がこみあげてくるのをどうすることもできなかった。

「いまから昨日までのつまらねえおまえを殺してやる。俺たちの姫に生まれ変わるためにな」

神宮寺はそう言っていた。

予告通りに、伊万里は生まれ変わった。いまの自分と昨日までの自分は、まったくの別人と言っていい。夜闇に乱舞していた美しい桜吹雪が、一夜にして人々に踏みにじられる塵芥《じんかい》と化してしまったのと同じように、二度と這いあがることができない奈落の底へと堕とされた。

「イッ、イキそうっ……まっ、またイッちゃいそうっ……あああっ、ダメえええっ……」

紅潮した顔をくしゃくしゃに歪めて、そんなふうにオルガスムスに昇っていくことは、想定内のことだった。両脚を閉じることができないように拘束され、電マをはじめとした淫らな道具を使って五人がかりで責められれば、二十五歳の健康な体は沸点を超えて発情するに決まっていた。

神宮寺がいきり勃ったペニスを挿入してくると、恥ずかしいほど身をよじってよがりによがった。それがたとえ、数時間前まで殺意を抱くほど憎悪していた男のペニスであったとしても、眼もくらむほどの快楽が押し寄せてきた。

ベッドの下の絨毯に、冬馬がうずくまっていることはわかっていた。

彼の前で醜態をさらすのは、生きている資格を失うことに近しい。最初の絶頂こそ歯を食いしばってこらえていたが、我慢しきれるものではなかった。寸止め生殺しで嬲《なぶ》りつづけられた体は、パンパンにふくらんだ風船のようなものだった。ちょっとした刺激で、大きな音をたてて爆発する。

「あぁっ、イクウウッ……イクウウウウウウウウウーッ」

一度イカされてしまうと、むしろホッとした。

レイプサークルを率いていた男のセックスは、悪魔のように繊細だった。女の体を熟知したうえで、腰を使ってきた。硬く勃起しきったペニスの先で、感じるポイントを突きまくられ、ぐりぐりと圧迫された。

「いいっ！　いいっ！　すごいっ……　はぁあああああーっ！」

伊万里は身の程を思い知らされた。

自分はどうせ体に値札をつけた売春婦——冬馬の前でだけ格好つけようとしていたのが間違いだったのだ。こんなことがなかったとしても、軽蔑されたり幻滅されたりするのが当然の存在なのである。

雪崩のように襲いかかってきた自己嫌悪が、すべてのタガをはずした。手足を自由にされても、抵抗するどころか自分から神宮寺にしがみついていった。騎乗位で腰も振りたてたし、四つん這いにされれば口唇と性器で二本のペニスを同時に受けとめた。べつだん考えて動かなくても、伊万里はまるで水を得た魚のように、五人の男を向こうにまわして乱れつづけた。

「こいつ、すげえオマンコ締まらねえ？」

「名器だよ名器。二段締め、三段締め」

男たちは一度ずつ射精しても興奮冷めやらぬようで、肉欲を謳歌《おうか》する宴は熱狂の一途を辿っていった。動画を撮影されていることに気づいたのは、神宮寺との二度目の交わりの最中だった。

「いい顔でよがるねえ」

「ピースしろよ、ピース」

男たちに声をかけられ、伊万里は正常位で貫かれながら、両手でピースサインをつくった。もはや何度目かもわからない、オルガスムスの高波がすぐそこまで迫っていた。頭の中は真っ白で、ともすれば白眼すら剝いてしまいそうだった。まともな思考などできるはずがない。

そのまま絶頂に導かれた。腰を弓なりにそらし、汗まみれの双乳をいやらしいほどバウンドさせて、頭のてっぺんから甲高い悲鳴を放った。

まわりの男たちは撮影を続けていた。イキ顔まで動画に収められた。

伊万里はよけいなことを考えたくなかった。正気に戻るほうがむしろ恐ろしく、ますます淫らに振る舞った。みずから四つん這いになって尻を振り、男たちを挑発した。コーンロウがバックから突きあげてきたので、アヌスにローターを入れてくれるよう頼んだ。入れられたのはローターではなくヴァイブだったが、もうなんでもよかった。

「ああっ、いいっ！　お尻の穴気持ちいいっ！　イッ、イクッ……イクイクイクイクウウーッ！」

どんな熱狂的な祭りにも、終わりはかならず訪れる。明け方になり、男たちがグロッキー状態になると、伊万里はひとり、バスルームにこもった。

熱く火照りきった素肌を、冷たいシャワーで冷ました。土砂降りの雨に打たれているような気分で、終わりを噛みしめた。乱交パーティの幕引きではなく、人生の終焉《しゅうえん》だ。

自死の準備なら、すでに整えてあった。ゆうべ六本木の店に出勤する前、東京駅のコインロッカーに着替えの入ったキャリーケースを預けてきた。神宮寺の命を奪ったら、外が明るくなるまで部屋で待機し、東北新幹線の始発に合わせてタクシーで東京駅に向かうつもりだった。

故郷の岩手には、まだ春は訪れていない。桜が咲くのはゴールデンウィークの前くらいだから、少し高い山に登れば積雪なんていくらでもある。

この世の見納めに、故郷の雪景色を眺めながら強い酒を飲もうと思った。つまみは大量の睡眠薬だ。眠くなったら、静かに雪の上に横たわればいい。それでこの世から退場できる。いいことなんてひとつもなかったつまらない人生に、ピリオドが打てる。

残念ながら……。

神宮寺に罪を贖《あがな》わせることはできなかったけれど、この部屋を出たあとの予定を変更するつもりはなかった。その覚悟があったからこそ、冬馬が側にいるにもかかわらず、獣の牝のように振る舞えた。

東京駅のコインロッカーにキャリーケースを預けたときは、まだ死をリアルに感じとれなかった。本気で怖がることもできないまま、本当にそんなことができるのだろうかとぼんやり考えていた。

いまは死がリアルにそこにある。恥の多い人生を送ってきたけれど、今日の出来事は決定的だった。あそこまでの醜態をさらしておいて、生きていけるわけがない。だいたい、生きていたところで、〈グッド・ドリームス〉の「姫」として骨までしゃぶられるだけなのだ。呼び方こそ姫でも、要は男たちの絆を深めるための淫らな人形――乱交パーティのたびに赤っ恥をかくことを強要され、スポンサー筋や反社に対する接待だって担当させられるのだろう。

生き地獄である。

ならば、死はむしろ救いだった。暗く静かで冷たいその場所に身を沈め、二度と眼を開かないことが、これほど救いに感じられるなんて夢にも思ったことがなかったが、いまはもう清々《すがすが》しい気分だ。

しかし……。

バスルームを出てパステルピンクのドレスを着た伊万里は、鏡の前で動けなくなった。濡れた髪を乾かさなければならないのに、ドライヤーを取ることはおろか、髪からしたたる水滴を拭うことすらできない。

小春がこちらを見ていた。

自分の顔が小春の顔にそっくりであるという事実を、伊万里はそのときになってようやく思いだしたのだった。複数プレイの熱狂の中で、その事実は忘却の彼方に追いやられていた。次から次に男に挑みかかられ、体中の血液が沸き立つほどの興奮状態だった。

動画が撮影されていることに気づいても、どうせ死ぬのだから撮りたかったら撮ればいいと思った。それがネットに流出させられたところで、死んでしまえば恥をかくこともできなくなる。

だが……。

伊万里の顔は小春の顔……。

自分が死に、その後に動画がネットに流出した場合、恥をかくのは自分ではない。小春になってしまうではないか！

ネット上には、かつて〈グッド・ドリームス〉が流出させた小春の画像がいまだに残っている。整形する前の伊万里とふたり、一糸まとわぬ姿で両脚を開き、カメラにピースサインを向けている。

ネットに巣くう愚かな暇人たちは、よく似た顔でよく似た行為をしている女を、目敏く結びつけるに違いない。ああ、この女はやっぱり乱交好きのビッチだったんだ……。

打ちのめされた気分で部屋に戻ると、神宮寺と眼が合った。ソファでビールを飲んでいた。他の男たちの姿はなかった。寝室で寝ているのだろう。

「失礼します」

伊万里が顔を伏せてそそくさと部屋から出ていこうとすると、

「またな」

神宮寺が声をかけてきた。

「おまえのこと、すげー気に入ったから」

振り返ると、下卑た笑いを浮かべていた。逃げるなよ、と彼の顔には書いてあった。逃げたらどうなるかわかっているよな？

「じゃあな、小春」

伊万里は部屋を飛びだした。本名を知っているのに、あえて「小春」と呼んできた。そこにどんな意味が含まれているのか、考えるまでもなかった。

2

散ってしまった桜を踏みしめながら、伊万里は六本木の裏道を歩いていた。世界の果てまで歩きつづけたい気分だったが、十分もしないうちに足が痛くなった。ストッキングを捨ててきたので、靴擦れを起こしてしまったらしい。踵《かかと》が痛くてしかたがない。たぶん皮が剝けている。

冬馬はもっとひどかった。暴行を受けた脇腹が痛むのだろう。振り返るたびに状態が悪くなっていった。メガネをかけた端整な顔を歪め、脇腹を押さえてうめいている。

「大丈夫なの？」

さすがに心配になって声をかけた。

「病院行ったほうがいいんじゃない？　肋骨《ろっこつ》、折れてるかもよ」

「肋骨よりも……」

冬馬は歪んだ顔に脂汗を浮かべて言った。

「膝を思いきり踏まれたから、歩くのがきつくて」

伊万里の靴擦れも限界が近かったので、しかたなくタクシーを拾うことにした。

とはいえ、そこは裏道で、時刻は早朝。タクシーを拾うためには、大通りまで出なければならない。

冬馬に肩を貸して歩きだした。冬馬は拒んだが、どう見てもひとりでは歩けない状態になっていた。ふたりで体を支えあいながら、大通りを目指した。冬馬の荒々しい息づかいが、ずっと耳元で聞こえていた。もちろん、伊万里も似たようなものだったろう。

まるで敗残兵同士が肩を貸しあっているような有様で大通りに出ると、酒の匂いをぷんぷんさせている朝帰りのカップルたちに笑われた。

それでもなんとかタクシーに乗りこみ、行き先を告げた。伊万里の自宅は――自宅と呼ぶのもはばかられる店の寮なのだが、五反田《ごたんだ》にあった。六本木からタクシーで十五分ほどの距離だ。

都内でも屈指のピンクゾーンだという〈五反田有楽街〉で降りた。風俗店がひしめく歓楽街の中にある古いマンションは、オートロックどころかエレベーターもついていない五階建てだった。その最上階に、伊万里の部屋はある。

また体を支えあって、階段をのぼっていった。今度は息があがる程度ではすまなかった。踊り場でいちいち休みながら、雪山登山でもしているような気分で最上階までのぼっていかなければならなかった。

冬馬がここまでついてきたのは、伊万里の住所を把握し、それを神宮寺に報告するためらしい。ならば、部屋の前まで来た段階で彼の用事はすんだはずだが、とても追い返せる雰囲気ではなかった。

「ちょっと休んでいきなさい」

そう言って部屋に通した。家具がほとんどないから、ビジネスホテルよりさらに簡素に見えるワンルームだ。

ハイヒールを脱いだ伊万里は、左右の踵が赤剝《あかむ》けになっているのを見て溜息をつき、部屋に入るなりドレスを着たままベッドに倒れこんだ。部屋着に着替える気力もなかった。

冬馬に至っては、玄関でうずくまったまましばらく動けず、それでもなんとか部屋の中に這ってきた。

「冷蔵庫になんか入ってたはずだから、飲みたかったら飲んで」

天井を見上げながら、伊万里は言った。冬馬は言葉を返すのもつらそうで、乱れた呼吸音ばかりが聞こえてくる。

伊万里は眼をつぶった。眠りに落ちることができるのなら落ちてしまいたかったが、体は疲れきっているのに意識は冴え渡っていた。眼をつぶって視界を遮ったところで、瞼の裏に浮かんでくるのは思いだしたくない光景ばかりだった。

「どうして……」

苦しげに呼吸しながら、冬馬が訊ねてきた。

「どうしてあんなことになったんです？　伊万里さんと代表、接点なんかなかったはずじゃ……」

伊万里は眼をつぶったまま答えた。

「わたしが近づいたのよ。あの男が贔屓にしているキャバクラを突きとめて、そこで働いて……」

「なんのために？」

どう伝えればいいのか、伊万里は迷った。結局、途中で考えるのが面倒くさくなり、事実をそのまま口にした。

「殺してやろうと思ったの」

「えっ……」

「バッグの中に包丁仕込んでおいて、部屋でふたりきりになったら背中から刺してやろうと思った。しくじっちゃったけど……」

「どうしてそんなこと……」

冬馬がすがるような声で言ったので、伊万里は眼をつぶったまま苦笑した。

「それ、訊く？」

神宮寺を殺す理由なんて、彼には充分わかっているはずだった。

いや……。

歩けなくなるまで暴行されてなお、あの男に忠誠を誓っている冬馬には、わからないのかもしれない。愚かな女の逆恨み、とでも思われただろうか？　それならそれでよかった。いまさら、冬馬にわかってもらおうとは思わない。

「やめてくださいよ……」

冬馬が声を震わせた。涙声のようだったので、伊万里は眼を開けた。

「復讐なら僕が……神宮寺は僕が葬《ほうむ》りますから……」

驚いて体を起こし、冬馬を見た。メガネをはずした顔を押さえ、声を殺してむせび泣いていた。

「どういうこと？　あんた、あの男の手下でしょ？」

「そういうふりをしているだけです」

冬馬は涙眼をまっすぐに向けてきた。

「神宮寺ひとりじゃない。姉ちゃんをあんなふうにした〈グッド・ドリームス〉を、僕は許せなかった。絶対に許せない。許せるわけがない……」

拳を握りしめ、ドンッ、ドンッ、と痛めつけられた膝を叩く。涙に濡れた顔が苦しそうに歪む。

「あの連中の悪事が、ただの輪姦事件ひとつだけじゃないのは、高一の僕にもわかりましたよ。だからあえて、神宮寺のいた大学に入った。〈グッド・ドリームス〉の残党に近づくためです。どんな悪事を働いているのか調べあげて、すべてを白日の下にさらしてやろうと思った。正体がわかってくるほどに、青ざめましたけどね……被害者女性の数は十人や二十人じゃきかないでしょう。あのサークルは、常習的に輪姦レイプをやっていた……」

伊万里は冬馬から視線をはずし、再びあお向けになって眼をつぶった。「輪姦レイプ」という言葉が、心のいちばん柔らかい部分に、棘《とげ》のように刺さっていた。だが同時に、胸が熱くなっていくのをどうすることもできない。

冬馬はかつての冬馬だったのだ。小春を含めた三人で仲よくやっていた、あのころから少しも変わっていなかったのだ。

「問題は、悪の巣窟みたいだったあのサークルが、神宮寺教一っていうカリスマひとりに操られていたわけじゃないってことです」

「……どういう意味？」

「あの男は、むしろただの俗物だ。段取りだけはうまいけど、カリスマ性なんて一ミリもない。輪姦レイプをしたいっていうのは、あの男の欲望じゃなくて、みんなの欲望なんです。男なら、たいていやってみたいと思っている……」

伊万里は首をかしげたくなった。この世にいるすべての男に、レイプ願望があるとは思えなかった。そういう極論に辿りつくのは頭がよすぎる弊害だろうか？　だいたい、欲望があろうがなかろうが、女を傷つけてもいい理由にはならない。

「女もやられてみたいのかもしれませんけど……」

冬馬が小声でボソッと言ったので、

「それは違うっ！」

伊万里は叫び声をあげて体を起こした。視線と視線がぶつかった。

「あんたは、さっきのわたしを見て、そんなこと言ってるんでしょ。でも違うから。あんなことされて悦んじゃう女なんて、普通はいないから……」

顔が燃えるように熱くなっていく。

「わたしはね、特別なの。特別にいやらしいの。あんたもうわかってると思うからはっきり言うけど、わたしは大学やめてからずっと、お金をもらってセックスしてきた。普通の女よりずっとたくさんの男と寝てる……軽蔑したでしょ？　軽蔑でも幻滅でも、したかったらすればいいけど……でっ、でもね、わたしだって……わたしだって……」

口から嗚咽があふれ、言葉を継げなくなった。自分は本当に特別な女なのだろうか？　さっきだって、尋常ではない羞恥と屈辱の連続だった。たしかに乱れてしまったし、何度となく絶頂に達したけれど、みずからああいう状況を望んだわけではない。好きで売春をしてきたわけでもないし、性感を開発されたわけでもない。

涙を流しながら冬馬を見た。冬馬も泣いていた。

「伊万里さん、前に僕のこと、シスコンって言ったでしょ」

「……言った」

心の中でごめんと詫びる。思っていても口にすべきではないことが、この世にはたくさんある。

「自分じゃそういうつもりないけど、伊万里さんがそう思うならそうなのかもしれない。でも、神宮寺に復讐しようと決めたのは、姉ちゃんのせいだけじゃないです……」

冬馬は涙を流しながら、挑むようにこちらを見た。

「好きな人が……初恋の人が……ひどい目に遭ったから……」

矛先が自分に向いていることに気づくのに、何秒かかかった。冬馬の顔にうっすらと羞じらいが浮かんでいるのを発見し、ようやくピンときた。

冬馬の初恋の相手が、わたし？

「冗談はやめて」と笑い飛ばすことはできなかった。冬馬が、見たこともないほど真剣な面持ちでこちらを見ていたからだ。

現実感がなかった。伊万里は冬馬を、異性として意識したことがない。男友達と思ったことさえない。

年下なのに賢くてしっかりしているところは尊敬していたし、心根のやさしい性格に胸を揺さぶられたことはある。好感度は高かったが、異性としてではない。伊万里の中で彼が「友達の弟」、いや「親友の弟」以外にカテゴライズされたことは一度だってない。

冬馬もそうだと思っていた。彼にとって伊万里は、「姉の親友」であり、異性として意識する対象ではなかったと……

3

静かだった。

ピンクゾーンのド真ん中にあるこのマンションは、午前中はいつも静かだ。地上の風俗店は軒並みシャッターを下ろしているし、住人も夜の街で働いている人間ばかりなので、みんな午前中は泥のように眠っている。

静かなのに、伊万里は眠れなかった。疲れすぎて神経が昂っているからでも、パステルピンクのドレスを着たままだからでもない。

冬馬が隣にいるからだ。

膝が痛くて座っているのもつらくなったらしく、冬馬は話の途中でうめき声をあげて床に転がった。ここで話を中断するの？　と伊万里は唖然としたが、冬馬があまりに苦しそうなので、話を続けることはできなかった。

しかも、床は絨毯ではなくフローリング。さすがに可哀相になり、ベッドをシェアすることにした。狭いシングルベッドだった。伊万里は冬馬に背中を向けているが、それでも気配や息づかいが生々しく伝わってくる。

冬馬の初恋の相手が、わたし？

動けないまま、心臓だけが早鐘を打つ。後ろにいる冬馬に聞こえてしまわないか心配になるほど、ドクンッ、ドクンッ、と高鳴っている。

冬馬がちょっと憎たらしくなってくる。好きだの初恋だの、心が乱れるような言葉を投げっぱなしにしたまま、話を中断してしまうなんて……その先は自分で考えろということだろうか？　意地悪な男だ。

やだ……。

意地悪な男——冬馬を「男」として意識している自分に気づき、不意に顔が熱くなっていく。

「伊万里さん……」

「えっ！」

突然声をかけられ、伊万里は大げさな声を返してしまった。

「僕、自分のサークルで輪姦レイプは禁止してます」

「……そう」

「出会いのプロデュースはしてますけど、それ以上のことは……」

「……わかってる」

レイプを憎んで復讐を考えているなら、レイプをしなくて当然だ。

「伊万里さん……」

「なによっ！」

「さっきの話、本当ですから」

「なんの話？」

「僕、ホテルで言われたじゃないですか？　経験がないって……」

そっちの話か、と気持ちがそわそわしてしようがない。コーンロウはもっとはっきり、「童貞」と言っていたが……。

「たぶん、一生このままです」

「なに言ってるのよっ！」

伊万里はついに耐えられなくなり、寝返りを打った。息のかかる距離に冬馬の顔があった。失敗した、と思った。メガネをはずしているせいもあり、美形に気圧されてしまう。

「あんたモテそうなんだから、彼女のひとりやふたりつくればいいでしょ」

「伊万里さんに彼女になってもらいたかったけど……」

冬馬はつらそうに眼を細めた。

「僕の好きだった伊万里さんは、もういないし……」

「……そうだね」

冬馬はおそらく、整形した顔について言ったのだろう。だが、この世から消えてしまったのは顔だけではない。冬馬と出会ったころの伊万里は、夜の歓楽街の風になった。

「あんたさあ……」

伊万里は体を起こし、横座りになった。

「復讐なんてもう考えないで、彼女つくって楽しくやりなよ」

冬馬は感情の読めない眼つきをした。

「ね、そうしなさい。小春のことも引きとったんだし、あんな連中と関わっててもいいことない」

復讐なら自分が引き受ける、と胸底でつぶやく。伊万里にはこれから、地獄めぐりが待っている。〈グッド・ドリームス〉の「姫」として、心身がボロボロになるまで酷使される。

だが、そうやって組織の闇に身を浸していれば、いずれは秘められた情報をつかむことだってできるに違いない。表沙汰になっていない輪姦事件は枚挙に暇《いとま》がないだろうし、有名人、あるいは反社への女のアテンドなど、火種はたくさんあるはずだ。それらを使って神宮寺に深いダメージを与えてやろうと思った。今度は刃物を持ったりせず、もっとクレバーに戦うのだ。

どうせ今日にも死のうと思っていた身である。だが、小春の顔で乱れてしまっているところを撮影されてしまい、死ぬことすらできなくなってしまった。ならばもう一度、神宮寺に挑みかかってやる。きっとそれが運命なのだろう。

「あのう……」

冬馬がおずおずと声をかけてきた。

「伊万里さんが僕の彼女になってくれるなら、復讐をやめてもいいです」

「はっ？」

伊万里は思わず冬馬のことを二度見した。

「なに言ってんの、あんた……」

「僕があの連中を恨んでいるのは、姉ちゃんと伊万里さんを不幸にしたからです。

ずいぶん時間はかかりましたけど、姉ちゃんは回復に向かってます。でも伊万里さんは……」

冬馬も体を起こした。

「伊万里さんはまだ不幸じゃないですか？　僕にまかせてもらえませんか？　姉ちゃんのことも伊万里さんのことも、僕が絶対に幸せにする。それが可能なら、復讐なんてしなくていい……」

伊万里はどういう顔をしていいかわからなかった。五人がかりで犯されてよがり泣く姿を、先ほど見られたばかりだった。少なくても、声は聞かれている。それがなくても、こちらは三つも年上の売春婦。釣りあいがとれるわけがない。

「ねえ、いいでしょ！」

冬馬が抱きついてきた。膝が痛むのか、あるいは経験値が低いせいか、ひどく拙い抱擁だった。無闇に体重をかけられ、伊万里はベッドに押し倒された。

息のかかる距離で見つめあった。

冬馬の表情は真剣そのものだった。メガネをかけていない裸眼から、煮えたぎる情熱が伝わってきた。だが、熱い視線で見つめられれば見つめられるほど、伊万里の心は冷めていく。

自分が男であったとして――目の前で輪姦され、何度も何度もイキ狂っていた女を愛することができるだろうか？　事情があったとはいえ、六年もの長きにわたり、売春稼業に身をやっしていた女を本気で好きになれるのか？

答えは否だ。

昔のことはわからない。自分が初恋の相手だったという話は、もしかしたら本当かもしれないけれど、いまの冬馬の心にあるのは恋愛感情ではなく、憐憫《れんびん》であり、同情だろう。

しかし……。

冬馬がそういうつもりなら、彼の気持ちを逆手に取ることはできると思った。博多の街で数々の太客を手玉に取ってきた伊万里である。その気になれば、年下の童貞を夢中にさせ、思うがままに操ることなど容易い。

可哀相だが……。

彼女になるふりをして、復讐から手を引かせるしかないと思った。〈グッド・ドリームス〉の関係者とも手を切らせ、元の清廉な冬馬に戻ってもらう。復讐なら自分が引き受ける。

「……どうしたのよ？」

伊万里は覚悟を決め、下から挑むように冬馬を見上げた。

「彼女になれって言っておいて、キスもしてくれないの？　わたしの唇、ここにあるよ」

半開きにした唇の内側を、舌先でなぞった。口紅も塗っていなかったが、童貞を挑発するには充分だろう。

冬馬は眼を泳がせている。チラチラと伊万里を見ては、大きく息を吸いこむ。そのまま吐きださないから、みるみる顔が真っ赤になっていく。

それでも意を決して唇を重ねてきた。ガチッと歯と歯がぶつかって、伊万里は眼を丸くした。なんだか新鮮だった。処女を捧げた地元の冴えない先輩だって、もう少しキスはうまかった。

4

「服、脱いで……」

伊万里はささやくと、冬馬の体の下から抜けだして、ベッドから降りた。

冬馬に背中を向け、彼に気づかれないように大きく息を吸いこみ、ゆっくりと吐きだす。

カーテンを閉めていても、隙間から朝陽が入ってくるので、部屋の中はけっこう明るかった。いまさら恥ずかしがるのも馬鹿馬鹿しいと自分に言い聞かせ、両手を背中にまわしていく。

パステルピンクのドレスの下に、下着は着けていなかった。デコルテを大胆に露出しているデザインなので、元からブラジャーはしていないし、ショーツは水責めでびしょびしょにされたから、直穿《じかば》きするのも嫌だったストッキングとともにホテルのゴミ箱に捨ててきた。

背中のホックをはずし、ファスナーをさげ、体を少し揺らしてドレスを床に落とすと、もう全裸だった。安い娼婦《しょうふ》みたい、ともうひとりの自分が笑う。

胸も股間も隠さずに振り返った。冬馬は黒いブリーフ一枚でベッドに横たわっていた。まるでまな板の上の鯉《こい》ね、とまた胸底で笑いがもれる。

「どうしてほしい？」

添い寝をし、耳元でささやいた。

「初めてなんだから、いろいろやりたいことがあるでしょう？　なんでもやってあげる」

ささやきながら、冬馬の下半身をチラッと見る。左膝が紫色に腫れていた。見るからに痛そうなので、正常位は無理かもしれない。

「伊万里さんにまかせます」

眼をそむけて言われ、伊万里は悲しくなった。あまりにも素っ気ない。やはり彼の中には、恋愛感情なんて存在しない。存在すれば、求めてくる。好きな女に恥ずかしいことをさせて興奮するのが、男という生き物ではないのか？

だが、悲しい顔をしたりしたら、この先一歩も進めなくなりそうなので、伊万里は冬馬の股間に手を伸ばしていった。

「遠慮しないで、どうしてほしいか言っ……」

あえて明るくささやいた声が、途中で途切れた。ブリーフの前に触れると、冬馬が勃起していなかったからだ。

もちろん、それもまた、恋愛感情の不在によるものだろう。伊万里は深く傷ついた。恋愛感情があろうがなかろうが、裸になって身を寄せているのに勃起しない男なんて初めてだった。

いや、と自分をたしなめる。冬馬は膝をケガしているし、そうでなくても今日はいろいろあった。伊万里とこうしていること自体、想定外のハプニングだろう。なにより冬馬は童貞、きっと緊張しているのだ。やさしくしてあげなければ……。

「どうしたの？」

甘くささやき、チュッと音をたててキスをした。

「オチンチン、硬くしたっていいんだよ。ってゆーか、硬くしてくれないと、わたし淋しい……」

「いや、その……」

冬馬が顔を歪める。額が脂汗で光っている。

「なんて言うか、あの……」

「なによ?」

「姉ちゃんとやってるみたいで、全然興奮しないっていうか……」

冬馬は大きく息を吐きだした。

「僕、シスコンかもしれませんけど、姉ちゃんとエッチしたいなんて思ったこと一回もありませんから。だって家族ですよ」

それはそうかもしれない、と伊万里は思った。かつて「やれるお姉ちゃんになってあげる」などと口走ったことを思いだし、気まずい気分になる。

「眼つぶりなさい。見えなければ、そのうち興奮してくるわよ。気持ちよくしてあげるから……」

ブリーフの上から、柔らかいペニスを撫でた。尺取虫のように指を動かし、けっこう本気で愛撫したのに、反応はなかった。

「眼をつぶるのは嫌なんです」

「どうしてよ?」

「卑怯な感じがするでしょう? セックスって、好きな人と見つめあいながらするもんじゃ……」

「面倒くさい男ね！　あんた頭いいからって、よけいなこと考えすぎ。いまは頑張って、オチンチン勃てることに集中しなさい」

伊万里は手のひらで冬馬の眼を覆った。

「ほら、好きなアイドルとか瞼の裏に思い浮かべてごらん。清純派と隠れてこっそりエッチなことしてるって妄想すれば、絶対興奮するから」

「伊万里さんの顔が見たい」

「わたしの顔は小春の顔よ」

「まったく完璧に一ミリのずれもなく同じってわけじゃないでしょうから、違いを探します」

「じゃあ教えて。あんた、わたしのどこが好きだったの？　顔を直す前……」

「脚」

「はっ？　顔関係ないじゃないの」

「いや、その……べつに脚フェチってわけじゃないんですけど、伊万里さん、脚綺麗だなーって。セクシーだなあーって。姉ちゃんはほら、色気とかゼロじゃないですか」

「あの子は天使だから色気なんかなくていいの」

忌々しげに言いながら、添い寝している年下の男を睨む。

伊万里はブリーフをおろしはじめた。途中から、片膝を曲げて、足指で生地をつまんで最後までおろしていく。

伊万里はそういうことが得意だった。博多時代のスポンサーにも、伊万里の長い脚を好いてくれる男がたくさんいたし、自分でもチャームポイントだと思っているからだ。

「ほら、あなたの好きな脚で、オチンチン愛撫してあげてるわよ」

サッカーのリフティングのように、ちんまりしたままのペニスを膝で刺激する。じわじわと隆起してくると、目隠ししていないほうの手のひらに唾液を垂らし、それをペニスになすりつけた。まだ半勃ちだったけれど、膝の裏に挟んで、締めたりこすったりしていると、次第に女を愛せる形になってきた。

「目隠し、やめてください」

「ダメ。せっかく勃ってきたのに」

冬馬の手を取り、彼自身で目隠しをさせると、伊万里は場所を移動した。冬馬の両脚の間に陣取り、遠慮がちに隆起しているペニスを頬張った。

強い匂いがした。いままで数えきれないほどの男にフェラチオしてきたけれど、どのペニスとも違う匂いだった。

味わうように双頬をへこませ、唇をスライドさせていく。口内で舌を動かすと、冬馬が「ううっ」と声をもらした。フェラチオのときに声をもらす男が、伊万里は好きだった。中でも冬馬の反応は、たまらなく可愛らしい。

口の中でどんどん硬くなっていくペニスを夢中でしゃぶりあげながら、伊万里は右手を自分の股間に伸ばしていった。童貞の愛撫には期待できないので、自分で濡らしておこうと思ったからだが、触れる前から驚くほど濡れていて、恥ずかしくなった。

「もう入れるね……」

伊万里は冬馬の腰にまたがっていった。いかにもあっさりした前戯だったが、いま必要なのは既成事実である。冬馬の童貞を奪い、彼女になったという——もちろん、後者はそういうふりをするだけだが、既成事実をつくってしまえば、冬馬をコントロールしやすくなる。

硬く勃起したペニスに手を添え、濡れた花園に切っ先を導いた。そのままゆっくりと腰を落とし、性器と性器を繋げていく。

冬馬のペニスは、熱かった。いままで感じたことがないほどの異様な熱気が、股間に埋まっていく。濡れた肉ひだでぴったりと包みこむと、声をもらした。童貞相手のサービスではなかった。むしろ、相手は童貞と侮っていた考えを、あらためなければならなかった。

「あぁあっ……はぁああっ……」

気がつけば、腰が動きだしていた。それも、股間をしゃくるようなとびきりいやらしい動かし方だった。冬馬は律儀に自分の手で目隠しをしていたが、恥ずかしくて顔から火が出そうになった。

わたし、なに夢中になっているの？

夢中になんてなるはずがなかった。相手は三つも年下の弟分だし、テクニックもなくただあお向けになっているだけで、ペニスのサイズだって特別大きいとは言えない。

なのに夢中になってしまう。新鮮な蜜があふれだした肉穴から、ずちゅっ、ぐちゅっ、と恥ずかしい肉ずれ音がたつ。それでも腰の動きはとまらない。両脚の間をたしかに貫いているペニスが、愛《いと》おしくてしようがない。

こんなの初めて——伊万里は混乱した。ともすれば自分を見失いそうになるほどの快感が、体中の肉という肉を小刻みに震わせている。まだ腰を動かしはじめてから、一分も経っていない。ほとんど入れたばかりなのに、イキそうになっている。オルガスムスの前兆が、腰使いに熱を帯びさせる。

「ちょっと！」

ほとんど衝動的に、冬馬の両手をつかんだ。指を交錯させた恋人繋ぎにして、大きく息を呑みこむ。

「すっ、すごいエッチな格好してあげるから、眼、開けなさい」

恐るおそる、冬馬が瞼をもちあげた。眼を細めてこちらを見た。視線と視線がぶつかりあった。

伊万里は両膝を立て、結合部を見せつける体位になろうと思っていたが、できなかった。ぶつかりあった視線と視線がからまりあい、ほどけなくなっていた。それでも腰は動いている。クイッ、クイッ、と股間をしゃくるリズムに合わせて、乳房だって揺れている。

「興奮する？」

冬馬は真顔でうなずいた。

「わたしが小春じゃないって……お姉ちゃんとは別人だって、わかる？」

もう一度うなずき、

「全然違う……」

冬馬は顔を歪め、嚙みしめるように言った。

「姉ちゃんとは、全然……」

「わたしのこと、好き？」

いったいなにを言っているのだろう、と伊万里は思った。言葉と一緒に、涙まで盛大にあふれてきた。

「わたしのこと、本当に好き？」

「好きです……伊万里さん……」

伊万里は涙眼で冬馬を見つめながら、甲高い悲鳴を放った。髪を振り乱しながら両脚の間に咥えこんだものをぎゅっと食い締めると、耐えがたい勢いでオルガスムスが迫ってきた。

「イッ、イクッ……わっ、わたしイッちゃいそうっ……ああっ、イクッ……イクイクイクッ……はっ、はぁあああああーっ！」

我慢できなかったし、我慢したくもなかった。この世に生まれてきたことを祝福するような衝撃的な歓喜が、両脚の間から脳天までを貫いた。

痺れるような快感に全身を揉みくちゃにされ、と同時に薔薇色の多幸感があとからあとからこみあげてきて、身も心も蕩けそうだった。

そんな激しくも甘い絶頂を、伊万里はこの日、生まれて初めて経験した。

第九章　初情

1

日本に帰国するのは一年ぶりだった。

伊万里の渡韓回数は二十回を超えているが、以前は博多を拠点にしていたので、成田《なりた》国際空港に降りたったのは初めてだ。

やたらと天井の高い広々としたロビーに圧倒されたが、深い感慨はなかった。一年ぶりの帰国、ということにまだ実感がわかないせいだろう。

一年前――。

伊万里はふたつの幸福と、ふたつの問題を抱えて日本から脱出した。

幸福のひとつ目は、冬馬と男女の関係になったことだ。最初は、そんなつもりじゃなかった。体を与えることで冬馬を懐柔し、〈グッド・ドリームス〉と縁を切らせることが目的だった。

だが、体だけではなく、気持ちまで通じてしまった。ひとりの男として、冬馬を求めている自分がいた。

最初は、それが愛だと認識できなかった。本気で誰かを愛したり、本気で誰かに愛されたりしたことが、一度もなかったからである。

いつからそういう感情が芽生えたのかはわからないけれど、伊万里はたぶん、ずいぶん前から冬馬を異性として意識していた。

そうでなければ、彼に冷たくされてあれほど落ちこむことはなかったはずだ。自死を考えるまで思いつめ、自暴自棄になって神宮寺を殺害しようとするほど、冬馬に蔑《ないがし》ろにされたことがつらかったのだ。

冬馬と結ばれたおかげで、伊万里の未来はそれまで想像もしていなかった方向に転がりだした。

「姉ちゃんと三人で暮らしませんか？」

冬馬に言われた。彼と小春はすでに都内のマンションで一緒に暮らしていたのだが、緑の多い郊外に引っ越したいという希望をもっていた。

冬馬と小春と一緒に暮らすというのは、かねてより伊万里の望みでもあった。しかも、冬馬と恋人同士になったうえでその生活が手に入るというのは、まさに夢の具現化、断る理由が見つからなかった。

幸福のふたつ目は、失明したと思われていた小春の眼に回復の兆しが見えてきたことだ。

強アルカリ性の洗剤を自分の眼にかけてしまった小春は、たしかに視力を失っていた。しかし、角膜のダメージより、メンタルの影響が大きかったらしく、施設を出て冬馬とふたりで暮らしはじめると、徐々に光を取り戻しはじめたのである。

伊万里にとっても喜ばしいことだったが、そうなると呑気《のんき》に三人で暮らしているわけにはいかない。小春がすっかり視力を回復したとき、目の当たりにするのは自分そっくりに整形した伊万里の顔なのである。

これが問題のひとつ目だ。

さらに、〈グッド・ドリームス〉にロックオンされているという、厄介な面倒も抱えていた。神宮寺は伊万里のことをたいそう気に入ったらしく、ひっきりなしに連絡してきた。もちろん、伊万里には二度と会う気がなかったが、無視しつづけて相手をキレさせた場合、思いだしたくもない複数プレイの動画をネットに流出させられる恐れがあった。

どうすればいいのか、冬馬と何度も話しあった。伊万里が出した結論は、韓国に渡って顔をもう一度元に戻す、というものだった。

「元になんて戻るんですか？」

冬馬が眉をひそめ、

「まあ、完璧には無理でしょうけどね」

伊万里は溜息まじりに答えた。元に戻すことを前提に整形したならともかく、切開手術までした顔を完全に再現するのは、いくらお金を積んでも不可能だ。

それでも、やがて眼が見えるようになるであろう小春と一緒に暮らすのに、彼女と同じ顔をしているわけにはいかなかった。

小春がどう思うのかはわからない。天真爛漫な彼女のことだから、「双子みたいだね」とケラケラ笑うだけかもしれないが、伊万里は恥ずかしさに耐えられそうもなかった。

小春そっくりに整形した伊万里の顔には、伊万里のコンプレックスが凝縮されている。他の誰にそう思われてもかまわないが、小春にだけはコンプレックスをさらしたくない。

それに……。

冬馬だって、実の姉とそっくりの顔をした女が恋人だなんて、本当は嫌なはずだった。

冬馬はやさしいから、小春とは違うところもあるなんて言ってくれたけれど、やはり全体の印象はよく似ている。彼の愛に応えるためにも、もう一度手術して違う顔になるべきだった。

「国外に逃げちゃえば、神宮寺たちもちょっかい出してこられないでしょうしね……」

伊万里は言った。

「問題は、変な動画をネットに流出させられないかってことだけど……」

動画の中で複数の男を相手に乱れている女は、小春の顔をしている。流出させられて恥をかくのは、伊万里ではなく小春なのだ。

「それは僕がなんとかしますから、まかせておいてください」

冬馬は自信たっぷりに言いきった。六本木のホテルで神宮寺の手下にボコボコにされてから、ひと月も経っていなかった。自信の根拠がわからなかったが、伊万里は愛する冬馬を信じることにして、韓国に渡る機上の人となった。

ソウルでの毎日はあわただしかった。

整形手術をすれば、ダウンタイムというものがもれなくついてくる。顔の腫れが引くのを待つ期間だが、眼の切開手術などは大きな腫れが引くまで一、二週間、完全に引くまで半年くらいかかる。顔だけではなく体調も万全ではなくなるし、メンタルも病みがちなので、けっこうきつい。

それでも、ただのんびりしているのは時間の無駄なような気がして、伊万里は渡韓して整形手術をしたい日本人向けのサポートサービスを始めた。

「伊万里さん、二十回以上も渡韓して整形してるんだから、もうその道のエキスパートですよ。絶対人気出ると思いますから、やってみたらどうですか」

ＩＴ関係に強い冬馬がアドバイスしてくれ、ホームページを起《た》ちあげてくれた。相談者を募ってみると、驚くほどの反響があった。伊万里はただ相談に乗るだけではなく、手術がしたいという人には信頼できる病院を紹介した。ソウルに滞在する世話をしたり、時には観光案内や通訳まで買って出た。

そうこうしているうちに、韓国人の協力者もちらほら現れ、帰国するころにはビジネスとして成立するようになっていた。もちろん、売春稼業よりは全然稼げなかったけれど、日本に拠点を移しても続けていけそうで、堅気《かたぎ》な暮らしへの足がかりをつかむことができたのである。

半年ほどで帰国するつもりで渡韓したのに、なかなか納得できる顔に仕上がらず、一年もかかってしまった怪我の功名と言っていい。

日本と韓国――国境を越えて離れていても、伊万里と冬馬はＬＩＮＥで頻繁に連絡を取りあっていた。冬馬にホームページの管理をまかせていたから、やりとりの内容は整形サポートビジネスについてがメインであり、着々と視力を回復しつつある小春の近況なども知らせてくれていたが、ある日、週刊誌の記事のスキャン映像が送られてきた。

「ヤリサーと反社、黒い交流録」という見出しで、眼つきの悪い男たちがキャバクラのようなところで酒を飲んでいる写真が掲載されていた。

眼つきの悪い男たちは上半身裸になって、腕や胸や背中を飾る禍々《まがまが》しい刺青《いれずみ》を見せていた。神宮寺や志賀も上半身裸で酒を飲んでいた。

その中心に座っている女もまた、上半身裸だった。控えめな胸のふくらみと淡い色の乳首を隠すこともできないまま、怯えきった顔で身をすくめていた。

小春だった。

記事によれば、眼つきの悪い男たちは指定暴力団二次団体の幹部や、凶暴で知られる半グレ組織の関係者らしい。

その週刊誌はいちおう大手メディアに数えられる有名誌だったので、世間に与えたインパクトは、ネットに流れる噂話とはわけが違った。ＹｏｕＴｕｂｅチャンネル〈グッド・ドリームス伝説〉は即刻ＢＡＮされ、新聞やテレビなどから、様々な後追い情報が噴出することになった。

八年以上も前のこととはいえ、輪姦サークルの実態は世間を震撼《しんかん》させるのに充分であり、それが反社組織と繋がっていたとなれば、報道合戦は過熱していく一方だった。

かつて神宮寺が逮捕されたときも報道合戦が過熱したが、あのときと流れが違ったのは、被害者女性が積極的に口を開いたことだった。

被害に遭った直後は混乱していた彼女たちも、短くない月日を経たことで、事態を冷静に見つめられるようになったらしい。あれは絶対、合意のうえでの乱交パーティなんかじゃなかった、と……。

それに加え、「#Ｍｅｔｏｏ」運動などの、世界的な意識改革も後押ししたに違いない。輪姦されたのに泣き寝入りするなんてあり得ない、と……。

「あんたがやったのね？」

ソウルから冬馬に電話をかけた。

「裏で誰かが糸を引いていなくちゃ、あんなに都合よく、被害者がいっせいに声をあげるわけないと思うんだけど……」

皮肉っぽい口調になってしまったのは、自分の恋人になれば復讐はやめる、と言っていたことへのあてつけだった。いや、それ以上に、事前になにも知らされていなかったことが淋しかった。

「この件に関しては、たとえ相手が伊万里さんでも、なにもしゃべれないです」

「そんなこと言ったって、小春のあんな写真、他に入手できる人いないでしょ」

おそらく、当時の画像が小春のスマホに残っていたのだろう。脅すつもりで送った画像が自分たちの首を絞めた格好だ。それを冬馬が勝手に見つけだして週刊誌に渡したのか、小春も了解したうえでのことなのかはわからないが……。

「訊かないでください」

冬馬の声からは、電話を通じてでも断固とした覚悟が伝わってきた。考えてみれば、彼もまた〈グッド・ドリームス〉に人生を狂わされた人間のひとりだった。志望大学まで変更して挑んだ戦いに、なんらかの決着が欲しかったのだろう。

「わかった。もう訊かない」

「すいません……でも僕は待ってますから……伊万里さんが……ちょっとでも住みやすくなったこの国に戻ってきて、姉ちゃんも含めて三人で楽しくやっていく日を……」

2

目的地まではタクシーで向かった。都内へのアクセスは悪そうだが、成田空港からはクルマで四十分ほどの距離らしい。

地図を見ると、まわりにゴルフ場がいくつもあった。田舎なんだろうと予想していたが、予想以上だった。ロードサイドにはコンビニの看板ひとつなく、そこから細い道に入ると、あたり一面が緑一色になった。

「ナビだとここが目的地ですけど……」

タクシーを停めた運転手が、心配そうに声をかけてきた。本当にここで降りるんですか？　というニュアンスだったが、伊万里は料金を支払って降りた。目的地は見えていた。

小高い丘のようになったところに建っている、小さな家。元は相当年季の入った平屋だったものを、賢い弟と病からの回復がいちじるしい姉が手に手を取りあい、ＤＩＹで改修したらしい。

その過程の画像が何度もＬＩＮＥで送られてきた。外壁がパステルピンクに塗られていて、緑の丘の上に建っていると、ひどく目立つ。一軒家カフェと間違えて入ってくる人もいるのでは？　と画像を見たときは思ったが、すぐ下の道を通りがかる人もいなそうなので、その心配はなさそうだ。

建物の隣に、見覚えのあるクルマが停まっていた。純白のアルファード。冬馬の愛車である。

ピンク色に塗られた扉の前で、伊万里は深呼吸した。帽子も被っていなければ、サングラスやマスクもしていない。空港のトイレでメイクは直してきたけれど、素顔である。伊万里が顔を直していく過程は、画像でなんか送っていない。

緊張に鼓動が乱れる。左手で左胸を押さえながら、右手で扉をノックした。呼び鈴はついていなかったが、扉が開かれるとカランコロンとドアベルが鳴った。

冬馬が立っていた。

棒を呑みこんだような顔をしている。しばらく待ったが、どういう顔をしていいかわからない、という表情のままだ。

「なによ……」

伊万里は唇を尖らせた。

「久しぶりとか、会いたかったとか、なんか言うことないわけ？」

「いや、その……靴は履いたままで大丈夫です。中にどうぞ……」

伊万里は厚底サンダルのまま入っていった。アーリーアメリカン調というのだろうか？　外観もカフェみたいだったが、室内もそうだった。

壁はパステルブルーに塗られ、テーブルセットは白いアンティーク風。チェストやソファやランプシェードなど、どれも新品ではなかったし、高価なものでもなさそうだが、センスのよさが感じられた。

小春も部屋にいた。

冬馬が扉を開けた瞬間から気づいていたが、まだまっすぐに見られない。どういうわけかメイドの格好をしている。黒いワンピース、ふりふりがついた白いエプロンとヘッドドレス、ご丁寧に、ミルクティーカラーの長い髪はツインテールだ。

カフェのような室内の雰囲気に合わせた、一種の冗談だろう。面白おかしく友人の帰国を祝ってくれるつもりだったらしいが、クラッカーを持ったまま凍りついたように固まっている。

「そっ、そんなにおかしいかな？」

伊万里は泣きそうな顔で言った。

「いろいろ直しても全然気に入らなくて、あちこちいじりまわしているうちに、自分でもわけわかんなくなっちゃったのよ……変な顔なら変な顔って、はっきり言ってくれない？　いますぐソウルに戻るから」

「いやいや、全然変じゃないですよ」

冬馬があわてた様子で言い、小春が手が届く距離まで近づいてきた。

「うん、とっても綺麗。韓流の女優さんみたい」

「あんた、眼見えるの？」

「この距離なら見える。でもほら、慣れない顔だから……本当に伊万里ちゃん？　って思ったの……」

小春はこわばった顔で必死に笑おうとしている。その顔を見ていると、伊万里の心は千々に乱れた。

理想の顔がそこにあった。一年前まで、自分もその顔で生きてきたから、もはやただの理想ではなく、それなりに愛着も芽生えていた。

しかし、小春の前で恥ずかしい思いをしたくないなら、そして冬馬と愛しあいたいなら、手放さなければならない顔だった。

渡韓する前は、どんな顔になってもかまわないと思っていた。小春の顔でさえなくなれば、三人で一緒に暮らすという夢が叶うのだから……。

とはいえ、いざ直しはじめてみると、少しでも綺麗になりたいという欲が出た。そんな自分がいじましいとも思ったし、これが整形手術の沼かと恐ろしくもなった。

ただ、理想の顔を手放してしまった伊万里は、なにが綺麗なのか本当によくわからなくなってしまった。韓国人の医者はもちろん、彼の地で知りあった人たちはみな褒めてくれたけれど、自信がもてない。小春も小春だ。韓流の女優とは、いったい誰のことを言っているのだろう？

「まあ、いいじゃないですか」

冬馬が声音をあらためて言った。

「伊万里さんの帰国祝いに、ささやかですが食事の用意をしてありますから」

「……どうせ辛くない麻婆豆腐でしょ」

伊万里が拗ねたように言うと、

「馬鹿にしないでくださいよ」

冬馬は得意げに胸を張った。

「このあたり、外食するところが全然ないでしょ。おかげで料理がすごくうまくなっちゃって。今日は腕によりをかけますから、ほっぺたが落ちる準備をしておいてください」

「伊万里ちゃん、こっち座って」

小春が席にうながしてくれた。テーブルの上にはもう、色とりどりのオードブルが準備されていた。

3

陽が暮れてくると、テーブルの上に蠟燭《ろうそく》が灯った。小春が通販で買ったという、イタリア製の燭台《しょくだい》に載せられていた。

冬馬がつくってくれたサラダもスープもローストビーフも、全部おいしかった。中でも地元名産のアスパラガスを使ったというクリームパスタは絶品だったし、デザートに出てきたアップルパイまでいちいち感動させられた。

とはいえ、食卓の風景はかなりシュールだった。今日初めて見たカフェのような室内は生活感がなさすぎて落ち着かないし、一年ぶりに会った冬馬は以前にも増して大人の男になっていて、眼が合うとドキドキしてしまった。

なにより小春だ。もう二十代も後半なのに、メイドの衣装が似合いすぎている天使のようなヴィジュアルに驚く。そして、その容姿はそのまま、一年前の伊万里と瓜ふたつなのだ。ワインの酔いも手伝って、食事が進むほどに現実感がなくなっていった。ハッと眼を覚ましたら独居房のようなビジネスホテルの一室だということが、本当に起こるんじゃないかと思った。

「でもさあ、こんな人里離れたところで、DIYとか料理なんかしてて、仕事はどうしてるの？　出会い系サイトの運営とか？」

「いや、それはもう手を引きました。僕はプログラマーのバイトでもやってれば、生活するくらいは稼げますから。リモートで働けますしね」

冬馬は涼しい顔で答えた。

「落ちついたら、そのうちなにか起業しますよ。伊万里さんの美容サポートビジネスを手伝って、いろいろ勉強になったし」

「落ちついたらって、ここでの暮らしが？」

伊万里の質問に、冬馬は少しだけ頬をひきつらせた。落ち着かなければならないことは、他にもあるからだ。もちろん、〈グッド・ドリームス〉関係である。

「あっちはまあ……僕的にはいちおうケリがついたと思ってますけど、おかげでいろいろ敵もつくっちゃったし……ほとぼりが冷めるまで、ＤＩＹと料理に励むことにします」

伊万里は背中に冷たい汗が流れていくのを感じた。

〈グッド・ドリームス〉と反社組織の関係が週刊誌の記事になったことで、反社側にも逮捕者が出ていた。冬馬のことだから尻尾をつかまれるようなことはしていないはずだが、裏稼業の人間に恨みを買っていてもおかしくない。しばらくは目立たず静かに暮らすというのは、間違った判断ではない。

「わたしはさあ……」

小春があくびをしそうな顔で言った。

「いまの生活、ちょっと不満」

「なんで？」

「だって籠の鳥じゃ、出会いがないもの」

伊万里と冬馬は眼を見合わせた。

「あんた、まだ出会いなんて求めてるわけ？」

「そりゃあ求めてるでしょ。恋がしたいもん」

伊万里は言葉を返せなかった。あんなことがあったにもかかわらず、まだ恋に恋している健気《けなげ》さに胸を打たれる。

「伊万里ちゃんだって前に言ってたよ。女は恋するために生まれてきたって……」

「言ったかなあ、そんなこと……」

伊万里は曖昧に首をかしげた。言ったような気もするが、なんだか遠い眼になってしまいそうになる。

「ちょっとトイレ」

冬馬が席を立った。ふたりきりになった途端、空気が気まずくなった。小春が意味ありげな眼つきでこちらを見ている。伊万里は眼をそらす。

「伊万里ちゃんだって……してるでしょ？」

「えっ？　なに？」

「恋」

「はっ？　しっ、してないわよ」

「誤魔化さなくたっていいじゃない。冬馬はやさしくしてくれる？」

「誤解よ、誤解。冬馬は弟みたいなもんだもん。異性として見られません」

「ふたり、とってもお似合いよ。あの子、昔はチビだったけど、いまはもう立派な体格でしょう？　わたしのこと、ひょいって軽々とお姫さま抱っこできるんだから、驚いちゃう」

「それはあんたが軽いからでしょ」

「伊万里ちゃんもしてもらいなよ」

「結構です！」

「ねえ、伊万里ちゃん……」

小春は声音をあらため、背筋を伸ばして言った。

「冬馬はね、ああ見えてすごい甘えん坊なの。でも、甘えるのがとっても下手。思春期に家の中がゴタゴタしてたから、母親に甘えられなかったし、それどころか、泣きたくても泣けないみたいな感じで……だから、伊万里ちゃんは甘やかしてあげて。そしたら冬馬、忠犬ハチ公みたいに懐いて離れないよ」

「だから誤解なんだってば……」

伊万里は口の中に苦いものがひろがっていくのを感じた。

永遠につき通せる嘘ではなかった。小春の前で冬馬とイチャイチャなんてしていないし、するつもりもないが、三人で一緒に暮らすのだから、小春が察するのは時間の問題だと思っていた。

できれば察せられる前にきちんと話さなければならないと思っていたけれど、いますぐはさすがに恥ずかしい。本当に申し訳ないが、打ち明けるのはもう少しだけ先にしたい。

冬馬が戻ってくると、小春はいまの話題を封印し、出会い系サイトに登録してみようかとか、ＬＩＮＥのやりとりだけでも愛を育むことは可能かなどと、おどけた調子でしゃべりだした。

それもまた、伊万里の胸を締めつけた。伊万里と冬馬が真実を隠していると、いつまでも小春に知らないふりをさせなければならない。

やがて、お開きになった。小春はお酒を飲んでいなかったが、しゃべりすぎて疲れてしまったらしく、うとうとしはじめたので冬馬が寝室に連れていった。

赤と白のワインボトルが、一本ずつ空になっていた。大半を伊万里が飲んだが、あまり酔っていなかった。冬馬が戻ってくると、ふたりで後片付けをした。まるで示し合わせたように、お互い黙々と皿を洗ったり、テーブルを拭いたりしていた。

「お風呂、借りていい？」

伊万里が言うと、冬馬が苦笑した。

「ここ、もう伊万里さんの家でもあるんですから、借りるとか言わないでくださいよ」

「まだ実感わかない……」

「ちゃんと家賃も払ってもらいますし」

「いくら？」

「一万円」

「やっす」

「安い理由は、おいおいわかってくると思います。お風呂場、あっちの奥ですから」

伊万里はいったん自分の部屋に行き、入浴用品を持って風呂場に向かった。

伊万里にあてがわれた部屋は、フローリングや壁が綺麗に修復されていたが、風呂場の床はコンクリートが打ちっ放しだった。脱衣所に大量のタイルが積んであった。ＤＩＹの途中、ということらしい。

「使えるのはシャワーだけなのね……」

伊万里は服を脱いで頭から熱いお湯を浴びた。家賃一万円では、文句を言う気にもなれない。

さっぱりして部屋に戻ると、濡れた髪をドライヤーで乾かした。もう小春の顔ではないので、背中まである長い髪はミルクティーカラーではない。いまの顔に似合うように黒い。髪を乾かしたら、今度は素肌にボディクリームを塗りこむルーティーンだ。

その途中で、扉の外の廊下を足音が過ぎ去っていくのが聞こえた。冬馬が風呂場に行ったようだった。にわかに緊張してきた。

シャワーを浴びたあと、冬馬はどこに行くのだろう？　部屋に戻って眠るのか、それとも……。

普通なら、セックスだろう。一年間の遠距離恋愛を経て、ようやく再会できた夜なのである。

愛しあう男と女なら、熱い抱擁とか、息がとまるような激しいキスをして、お互いをむさぼるように求めあい、快楽の海に沈んでいくと思うのだが……。

また足音がした。

今度はバスルームの方からやってきて、去っていった。自分の部屋に行ったらしい。この部屋はスルーということか……。

「ふうっ」

伊万里は照明を常夜灯に変えて、ベッドに倒れこんだ。ボディクリームを塗るためにバスタオルを取ったから、裸のままだ。肌が熱く火照っているので、服はもちろん、下着を着ける気にもなれなかった。

いくら年下だからって、と胸底で悪態をつく。男から来てくれないと、女からは行けないんだから……。

そういう考えはおかしいのかもしれない。自分からキスを求めたり、セックスをねだる女なんて、いくらだっているに決まっている。

やはり、自分は恋愛に対して奥手なんだな、と反省するしかなかった。セックスの数はこなしていても、恋愛なんてほとんどしていないのだ。高校時代に地元の同級生や先輩と付き合ったことはあるけれど、あれは若気の至りというか、恋愛ごっこみたいなものだし、いま冬馬を求めている気持ちとは似て非なるものだ。

そう、こんなに求めているのに……。

ソウルから冬馬にＬＩＮＥ送っても、好きとか愛してるなんて、ただの一度も書いたことがない。むしろそういう言葉を注意深く避けて、電話で話すときもおかしなムードにならないように気を遣っていた。

書けばよかったし、言えばよかった、といまさらながら思う。あなたに会えなくて淋しい、と。淋しくて淋しくてしようがないから、会ったら思いきり抱きしめてほしい、と。抱きしめて、たくさんキスして、それから……それから……。

「あっ……んんっ……」

左手が、左胸に触れていた。鼓動が怖いくらいに乱れていたのでそれを抑えるためだったが、気がつけばふくらみを揉みしだいていた。柔らかな丸い肉に指を食いこませ、乳首にまで触れてしまう。

そうなると、右手が股間に這っていくのを、どうすることもできなかった。湯上がりの素肌は熱く火照っていたが、それ以上に体の奥底が疼いている。この一年間、禁欲生活を続けていた体は、このままおとなしく眠りについてくれそうにない。

パイパンの股間に手指を近づけていく。触れる前から淫らな熱気を放っているのがわかる。花びらの合わせ目をそっと撫でると、指が泳ぎそうなほどヌルヌルしていた。これは濡らしすぎだろ、と恥ずかしくて顔から火が出そうになる。

ソウルでも、寝る前にはかならず自慰をしていた。なにも知らない小娘ではないのだ。伊万里はもう、女の悦びを深く知っている。ただの肉体的な快楽ではなく、愛する男とひとつになる掛け替えのない歓喜を、体中の細胞が覚えていた。

冬馬に抱かれたかった。今夜はきっと、かなりの確率で抱かれるに違いないという期待があっただけに、叶わなかった落胆は大きかった。花びらの間から、まるで涙を流しているように蜜があふれてくる。女の花が号泣していると思うと、伊万里は慰めるように指を入れた。最初は一本だったが、すぐに二本にして、音がするほど思いきり掻き混ぜてしまう。

そのときだった。

「ちょっといいですか？」

冬馬の声とノックの音が同時に聞こえ、次の瞬間、扉が開いた。

「すっ、すいません！」

扉はすぐに閉まった。開いていたのは一秒にも満たないはずだが、それでも冬馬の眼には、常夜灯に照らされた白い裸身が映ったはずだった。左手で胸のふくらみを揉みしだき、右手では大きくひろげた両脚の中心をいじっている裸の女が……。

4

「誤解しないでほしいんだけど……」

伊万里はしきりに視線を動かしながら、尖った声で言った。

「わたしはいま、ボディクリームを塗ってただけだから。ほら、これとこれと……」

ボディクリームの容器を冬馬に見せる。

「女のお風呂上がりはね、いろいろ大変なのよ……きちんとボディケアしとかないと、お肌が早く劣化しちゃうから……」

我ながら無茶苦茶な言い訳だと思うが、ここは強気でシラを切り通すしかない。

「いや、その……返事が聞こえる前にドアを開けた僕が悪いんです。すいませんでした。まさかマッパでいるとは思わなかったから……」

「ボディケアはマッパじゃないとできないの！」

「それはわかりましたから、その格好、なんとかなりません？」

眼のやり場に困る、という表情で冬馬は言った。

伊万里は裸身にバスタオルを巻いただけの格好で、ベッドに座っていた。まだ旅装をといていないので、すぐには部屋着を出せなかった。キャリーバッグの中身を床にぶちまけるわけにもいかず、苦しまぎれにバスタオルを巻いたのである。

「この格好はなんともならないから、向こう向いて」

「……いいですけどね」

扉の前に立っていた冬馬は、こちらにすごすごと背中を向けた。

「それで、いったいなんの用？　夜這い？　それならそれで受けて立つわよ」

「そんな怒んないでくださいよ……」

「べつに怒ってませんけど。女はね、急にドアを開けられて裸を見られると、冷静ではいられなくなる生き物なんです」

「……ですから」

「はっ？　なんですって？」

「整形、うまくいってよかったですねって、言いたかっただけですから」

伊万里は言葉を返せなくなった。

「さっき変なリアクションしちゃったから、気にしてるかなって思って……予想してたよりずっと綺麗だったから、驚いて固まっちゃったんです……」

冬馬が予想のベースにあったのは、伊万里の元の顔だろう。そう考えると気持ちは複雑だが……。

「姉ちゃんの顔より、ずっといいですよ」

「……そう」

「綺麗なだけじゃなくて、伊万里さんのキャラに合ってると思うし」

「気に入ってくれたわけ？」

冬馬は背中を向けたままうなずいた。

伊万里はゆっくりと息を吸いこみ、またゆっくりと吐きだした。冬馬に気づかれないように深呼吸しても、鼓動の乱れはおさまる気配がいっこうにない。

「どうせあんたは……」

ベッドから立ちあがり、冬馬の背中に近づいていく。冬馬がビクッとする。伊万里が太腿の裏を膝で軽く蹴ったからだ。

「顔なんかどうでもいいんでしょ。わたしのどこを好きになったのって訊いて、脚って言われたの忘れないからね。びっくりしたわよ。わたし、キミの初恋相手よね？　脚はないでしょう、脚は……」

言いながら、二度、三度、と太腿の裏を膝で蹴る。だんだん力がこもってくる。

「いや、だからそれは、大人っぽい女の人の象徴として、脚と言ったわけで……」

振り返った冬馬が、ハッと息を呑んだ。

伊万里が涙を流していたからだ。盛大に双頰を濡らしていた。

「本当？」

伊万里は笑った。きっと情けない泣き笑いになっているのだろうなと思った。直したばかりの顔では、表情管理がうまくできない。

「本当にこの顔、気に入ってくれた？」

冬馬がうなずく。力強く顎を引く。

「嬉しい……」

伊万里は嚙みしめるように言った。

「誰に言われるよりも……冬馬に言われるのが、いちばん嬉しい……」

抱きしめてくれるところだよ、と眼顔で無言のメッセージを送る。冬馬はわかってくれない。誰がどう考えても熱い抱擁の場面なのに、相手はこちらに勝る奥手だから、睨みあったままお互いに動けない。

どうやら、伊万里が折れるしかなさそうだった。冬馬の手を取り、ベッドに向かった。冬馬をあお向けに倒すと、馬乗りになって見下ろした。冬馬も見上げてくる。

視線と視線がぶつかりあう。

「わたし……わたしね……」

伊万里は上ずった声で言った。あふれる涙を指で拭いながら……。

「わたし発情してたの……大学に入って東京に出てきたとき、彼氏が欲しかったたまらなかった……でも、そんなことだから……素敵な彼氏とエッチがしたくてしようがなかった……でも、そんなことだから悪い連中に足元を見られて、ひどい目に遭ったんだと思ってた……そのことが、ずーっと恥ずかしかった。違うのにね……全然違う……人間だって動物なんだから発情くらいするよ。冬馬、さっきわたしがなにしてたかわかったよね？」

冬馬は言葉を返してこなかったが、眼もそらさなかった。

「わたし、オナニーしてたでしょ？　もうさ、なにも知らない十八歳じゃないから、認めなくちゃね。わたし、いま発情してる。あなたとエッチがしたくて、でもなんかそういう雰囲気にもならなくて、オナニー我慢できなかった。恥ずかしいかな？　発情してるわたしは恥ずかしい？」

冬馬が下から両手を伸ばしてくる。抱き寄せられ、伊万里は体を預けた。こみあげてくる嗚咽を耐えられなくなり、滂沱の涙を流した。

冬馬も泣いている。泣き声が重なる。それが嬉しくて、よけいに涙があふれてくる。

冬馬が伊万里を見た。メガネが涙で曇っていた。それでも、表情が変化していることはわかった。見たこともないほど険しくなっていたので、伊万里は気圧されてなにも反応できなかった。

体勢を入れ替えられた。今度は冬馬が上になった。体に巻いているバスタオルをはだけさせられ、ふたつの胸のふくらみが露わになった。あお向けになっても形が崩れない自慢の乳房なのに、冬馬はスルーした。丸く張りつめた隆起を揉まず、いやらしく尖った乳首にも触れず、四つん這いで後退っていった。

彼がなにをしようとしているのか、伊万里にはわからなかった。考える暇も与えられず、両脚をひろげられた。下着は着けていなかった。陰毛にさえ保護されていない剝きだしの女の花が、冬馬の眼前で咲き誇ったはずだった。

ヌルリ、と舐められた。生温かい舌が花びらの合わせ目を下から上に這いあがっていき、伊万里の背中は弓なりに反り返った。

声をこらえることができたのが奇跡に思えるほど峻烈《しゅんれつ》な快感が、体の芯を突き抜けていった。ヌルリ、ヌルリ、と舐められるほどに、体中の肉という肉が小刻みな痙攣を起こし、自分の体なのに自分でコントロールできなくなっていく。

どうして？　と胸底でつぶやく。冬馬にクンニリングスをされるのは初めてだった。彼がこの一年間、自分を裏切らないでいてくれたとするなら、そもそもクンニなんかしたことがないはずだ。

なのに、どうしてこんなに気持ちがいいのだろう？　花びらに舌を感じた最初の瞬間から、体中が痺れっぱなしで、快感は深く濃くなっていくばかり……。

舌使いが上手いわけではなかった。冬馬はただやさしく、遠慮がちと言ってもいいほどおずおずと、花びらの合わせ目を舐めているだけだった。初めてのクンニにしても、あまりに素朴なやり方と言っていい。

にもかかわらず、下腹のいちばん深いところでドロリとなにかが溶けだして、淫らな香気を放ちながら蜜があふれていく。冬馬の舌にねっとりとからまる。花びらが開いていって、敏感な内側の粘膜が露わになる。冬馬が舐める。そこじゃないよ、と言いたいのに、言えない。

冬馬は女の性感帯をまるでわかってないらしく、見当はずれなところばかり舐めてきた。

だが、それでも伊万里は前代未聞の興奮状態で、体中を震わせていた。はしたないところを見せたくないのに、激しく身をよじらせ、腰までリズムを刻みだしてしまう。両手を翼のようにひろげ、シーツをつかんだ。宙に浮いた両足も、見えないなにかをつかむように、足指がぎゅっと丸まっていく。

一年間の禁欲生活のせいだと思った。久しぶりに男に愛撫され、体が悦んでいるのだと……あるいは、これが愛の力なのか？　好きで好きでたまらない相手に愛撫されているからこそなのか……。

そうじゃない！

伊万里はハッと気づいた。下手なクンニでこんなにも感じているのは、自分のせいではない。

冬馬のせいだ。冬馬はクンニをしているのではなく、傷を舐めているのである。女なら誰だって、両脚の間に傷を秘めている。後悔のないセックスだけをしてきた女なんて、この世にはきっと存在しない。

だから、傷を舐めてくれる男が必要なのだ。舐めて癒してくれなければ傷は傷のままであり、いつまでも痛みつづける。だが、舐めて癒してもらえれば、傷は花として再生できる……。

この体の震えは、女として再生していく兆候なのだと思った。再生された花は、以前よりずっとしぶとく、眼もくらむほど豊かな性感を宿して、男と愛しあうことができるようになるのかもしれない。

「冬馬……」

シーツをつかんでいた手を、冬馬に伸ばした。

「もう欲しいよ……冬馬が欲しい……入れて……オチンチン、ちょうだい……」

冬馬はこわばった顔でうなずき、服を脱ぎはじめた。ブリーフまで脚から抜いて、女を愛せる形になった男の器官を露わにした。最後にメガネをはずした。顔全体は気の毒なくらいこわばりきっているのに、眼だけは野生の牡《おす》のようにギラついていた。

「あああああーっ！」

冬馬が入ってくると、伊万里は甲高い声をあげた。クンニ同様、冬馬の腰使いは拙《つたな》いものだったが、伊万里は長い黒髪を振り乱し、あえぎにあえいだ。

小春の部屋はリビングを挟んだ向こう側にあるから、多少声をあげても聞こえることはないだろう。だが、聞かれてしまってもかまわない、と思った。

小春に伝えたかった。

女は恋するために生まれてきたのではなく、恋がなければ生きていけない生き物なのだ。

恋さえあれば、女は何度でも生まれ変われる。一打、一打、拙くも力強い冬馬のストロークを受けとめるたびに、伊万里は新しい自分に出会った。半狂乱で乱れれば乱れるほど、未来への扉が次々と開かれていくのを感じた。

「きっ、気持ちいい？」

冬馬が不安げに訊ねてきたので、伊万里は眼を輝かせてうなずいた。長い両脚を彼の腰に巻きつけていくのを、我慢することができなかった。

「キスしてもいいですか？」

「そんなこといちいち訊かないで」

冬馬が与えてくれた口づけは、この世のものとは思えないほど甘美だった。自分はこの男を愛しているという実感が、そのすさまじい熱量が、裸身を紅蓮の炎に包みこんでいく。

小春にも素敵な彼氏ができればいい――伊万里は祈るような表情で冬馬を見つめながら、目の前に果てしなくひろがっている快楽の大海原《おおうなばら》に向けて泳ぎだした。

初出
「特選小説」２０２２年４月号～12月号
文庫化に際し「残る桜も散る桜」を改題、改稿しました。

本作品はフィクションです。実在の個人、団体、事件などとは一切関係ありません。

（編集部）

実業之日本社文庫　最新刊

荒崎一海
闇を斬る　龍尾一閃
ひとたび刀を抜けば、生か死か、それしかない——。国元をひそかに脱し、妻と江戸の裏店で暮らす武士の矜持を端正な筆致で描く、長編時代小説。
あ28 1

泉ゆたか
春告げ桜　眠り医者ぐっすり庵
桜の宴の目玉イベントは京とお江戸のお茶対決!? 江戸郊外の高級料亭で奉公修業を始めることになった藍は店を盛り上げる宴の催しを考えるよう命じられて…。
い17 3

風野真知雄
月の光のために　大奥同心・村雨広の純心　新装版
大奥に渦巻く陰謀を剣豪同心が秘剣で斬る——新井白石の家臣・村雨広は、剣の腕を見込まれ大奥の警護役に。紀州藩主・徳川吉宗の黒い陰謀が襲い掛かる…!
か1 10

草凪優
初情《はつじょう》
わたしはね、特別にいやらしいの——発情してて何が悪いの？ 名門大学の極悪サークルで、罠にはまった女の復讐と復活。官能エンターテインメントの傑作!
く6 11

こがらし輪音
さよなら、無慈悲な僕の女王。
謎の奇病に冒された若き女性と、彼女に恋し彼女との限られた時間を過ごす中で、生きる意味を知る青年。ふたりの切ない愛と絆に号泣必至のラブストーリー。
こ8 1

下村敦史
ヴィクトリアン・ホテル
百年の歴史にいったん幕を下ろす高級ホテル。最後の一夜に交錯する善意と悪意に一気読み&二度読み必至の、エンターテインメントを極めたミステリー!
し10 1

辻真先
赤い鳥、死んだ。
「平成の北原白秋」と称される詩人が急逝。警察は自殺と推定するが、兄は殺されたと疑う年の離れた弟が真相解明に乗り出し……（解説・阿津川辰海）
つ5 3

西村健
バスへ誘《いざな》う男
路線バス旅のコーディネイターを始めた「私」は、客の依頼を受けて「小さな旅」をする中で「小さな謎」に出合う——人気シリーズ第二弾。（解説・西上心太）
に7 2

南英男
禁断捜査
報道記者殺人事件を追え——警視庁捜査一課長直属の特務捜査員として、凶悪犯罪を単独で捜査する村瀬翔平。アウトロー刑事があぶりだす迷宮の真相とは!?
み7 28

実業之日本社文庫 く611

初情《はつじょう》

2023年2月15日　初版第1刷発行

著　者　草凪《くさなぎ》 優《ゆう》

発行者　岩野裕一
発行所　株式会社実業之日本社
〒107-0062　東京都港区南青山5-4-30
emergence aoyama complex 3F
電話［編集］03(6809)0473［販売］03(6809)0495
ホームページ　https://www.j-n.co.jp/
ＤＴＰ　ラッシュ
印刷所　大日本印刷株式会社
製本所　大日本印刷株式会社

フォーマットデザイン　鈴木正道（Suzuki Design）

ISBN978-4-408-55786-1（第二文芸）